더 빨강

더 빨강

김선희 장편소설

사□계절

차 례

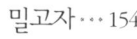

아버지가 또 지붕에
올라갔다

아버지가 또 지붕에 올라갔다. 이쯤 되면 심각한 지붕 중독
증이다.

지붕의 용도는 집의 꼭대기를 덮거나 어떤 물체의 위를 덮
는 것이다. 하지만 지붕이 꼭 그런 용도로만 쓰이는 건 아니
다. 물건을 포장했던 상자는 누구의 집으로도 사용되고, 신문
지는 누구의 이불로도 사용되는 것처럼.

아버지에게 지붕은 말[馬]이다. 아버지는 용마루에 양다리
를 걸치고 앉아 신 나게 외친다.

"이랴, 이랴!"

아래에서 그런 아버지를 보고 있으면 걱정이 된다. 지붕에
서 떨어지지 않을까? 하늘로 날아가 버리지는 않을까? 하지
만 그런 일은 한 번도 일어나지 않았다. 아버지는 노련한 기

수니까.

아버지는 지붕에 올라갔을 때 가장 천진난만해 보인다. 마치 일곱 살짜리 어린애 같다.

그렇다. 아버지는 일곱 살이다. 쉰아홉 살 먹은 일곱 살.

2년 전 어느 날 학교 수업이 끝날 때쯤 엄마한테서 전화가 왔다. 아버지가 다쳤다고 했다. 전화를 받고도 별로 대수롭지 않게 생각했다. 아버지는 늘 다쳤으니까.

아버지는 이삿짐센터 사장이었다. 사장이라고는 하지만 막일꾼이나 다름없었다. 장롱이나 냉장고, 세탁기처럼 무거운 짐들은 거의 아버지가 옮겼다. 아버지는 날이 갈수록 일꾼들이 뺀질거리며 힘든 일은 하지 않으려 한다고 불만이었다.

나는 어릴 때부터 아버지가 세상에서 가장 힘센 사람이라고 생각했다. 아버지가 들어 올리지 못할 물건은 세상에 없었다. 마음만 먹으면 아버지는 지구라도 들어 올릴 것 같았다.

이삿짐을 나르다 보면 자잘한 부상쯤은 감기처럼 늘 달고 다니게 마련이었다. 테이프 자르는 칼에 손을 베이기도 하고, 가구 모서리에 이마를 부딪치기도 하고, 깨진 유리에 손을 찔리기도 했다. 그래서 아버지 몸은 성할 날이 없었다.

한 날은 엄지손가락이 크게 부풀어 올라서 집에 들어온 적이 있었다. 손톱은 새빨갛게 피멍이 들어 있었고, 엄지손가락은 푸르죽죽했다. 하필이면 오른손이라서 숟가락이나 젓가락도 못 잡았다.

엄마가 옆에서 아버지에게 밥을 떠먹였다. 아버지는 고기, 김치, 나물, 하는 식으로 반찬을 지정했고 엄마는 아버지가 지정하는 반찬을 밥 위에 올려 아버지 입에 넣어 주었다. 아버지는 다친 게 무슨 큰 특권이라도 되는 것처럼 거만한 표정으로 밥알을 씹었다.

아버지의 엄지손톱은 색깔이 점점 변했다. 처음에는 진홍색이던 것이 검붉은 색으로 변하더니 나중에는 검은색 매니큐어를 칠한 것처럼 까맣게 변했다. 그러다 어느 순간, 손톱이 빠졌다. 손톱이 빠진 자리에는 굳은살처럼 두툼한 맨살이 드러났다.

아버지의 손톱이 빠지고, 그 손톱이 다시 생겨나 자랄 때까지는 꽤 오랜 시간이 걸렸다. 나는 아버지의 엄지손톱이 다 자라날 때까지 아버지의 빠진 손톱이 마치 내 잘못이라도 되는 것 같은, 말도 안 되는 죄의식에 시달려야 했다.

아버지가 다친 그날도 별 대수롭지 않은 부상일 거라고 생각했다. 하지만 휴대전화로 들려오는 엄마 목소리는 심각했다. 엄마가 혼이 빠져나간 듯한 목소리로 말했다. 아버지 지금 병원 응급실에 계셔. 동이야, 어떡하니? 우리 이제 어떡하니?

한달음에 병원으로 달려갔다. 아버지는 혼수상태에 빠진 상태였다. 7층에서 사다리차에 실려 내려오던 서랍장이 궤도를 벗어나 바닥으로 추락했고, 아버지는 운 나쁘게도 그 자리에 얼떨떨하게 서 있다가 서랍장에 머리를 맞았다고 한다. 엄마는 망연자실한 표정으로 바닥에 주저앉아 말했다. 그래도 돌아가시지는 않았으니 얼마나 다행이니.

하루 이틀 사흘, 그리고 일주일이 지나도록 아버지는 깨어나지 못했다. 의사는 둘 중 하나라고 말했다. 이대로 식물인간이 되거나 아니면 기적적으로 깨어나거나. 그런 말은 나도 할 수 있겠다.

아버지는 한 달쯤 뒤에 기적적으로 깨어났다. 엄마는 병원비를 중간 정산 하기 위해 돈을 구하러 이리저리 뛰어다니느라 바빴고, 나 혼자 병실을 지키고 있었다. 그날, 갑자기 눈을 뜬 아버지가 주위를 두리번거리더니 울음을 터뜨렸다.

"엄마, 어디쪄? 엄마, 보고 띠퍼. 앙."

아버지는 계속 엄마만 찾았다. 내가 아무리 달래도 소용없었다. 엄마가 돌아오자 아버지는 엄마 품에 달려들어 어린애처럼 마구 울었다.

의사는 좋은 소식과 나쁜 소식 두 가지가 있는데 어느 쪽을 먼저 듣겠느냐고 물었다. 엄마는 좋은 소식부터 듣겠다고 했다. 의사가 말했다. 환자분은 기적적으로 식물인간 상태에서 깨어났습니다. 엄마 얼굴이 일단은 밝아졌다. 이번에는 나쁜 소식 차례였다. 엄마 얼굴은 순식간에 어두워졌다. 환자분의 정신 연령은 평생 일곱 살에 머물러 있을 겁니다. 엄마 얼굴은 아버지가 죽었다는 소식을 듣기라도 한 것처럼 절망적으로 변했다.

아버지 나이가 쉰일곱 살인데 정신 연령이 일곱 살이라니, 이건 말도 안 된다고 생각했다. 그럼 그동안 살아왔던 50년의 세월은 다 어디로 간 거야? 의사는 전두엽이니 후두엽이니 하는 어려운 용어를 써 가면서 설명했지만 나는 하나도 알아듣지 못했다. 그러니까 결론은 쉰일곱 살을 관장하는 아버지의 뇌가 서랍장 모서리에 부딪쳐 망가졌고, 일곱 살의 뇌로 퇴행했다는 거다. 결국 서랍장 모서리가 아버지에게서 50년의 생을 몽땅 가져가 버렸다는 얘기다.

퇴원해서 병원 밖으로 나오는 아버지의 눈빛은 심하게 흔들렸다. 세상에 대한 적개심으로 가득 차 있던 쉰일곱 살의 눈빛이 아니라 호기심과 두려움이 묘하게 교차하는 일곱 살의 눈빛이었다.

다치기 전이나 다친 후나 똑같은 사람인데 어떻게 저렇게 눈빛이 전혀 다를 수 있을까, 놀랍고 신기했다.

아버지는 택시를 타고 집으로 오는 내내 차창에 매달려 밖을 내다봤다. 7층에서 떨어진 서랍장은 아버지에게서 글자마저 지워 버렸나 보다.

"형아, 저기 뭐라고 써 있는 거야?"

아버지가 창밖으로 보이는 간판을 가리키며 물었다.

일곱 살짜리 아버지의 첫 질문이었다.

엄마는 놀란 얼굴로 아버지를 보다가 이내 한숨을 폭 쉬며 고개를 돌렸고, 앞자리에 앉아 있던 형은 돌로 만든 조각상처럼 정면을 보며 꼼짝도 하지 않았다. 룸미러 속에서 택시 운전사가 미심쩍은 얼굴로 아버지를 봤다. 아버지의 돌발적인 질문에 나도 놀랐다.

아무도 대답을 하지 않아, 결국 내가 대답했다.

"김밥천국이라고 써 있잖아요."

"김밥이 왜 천국이야? 천국은 죽으면 가는 데 아냐? 착한 사람들만 가는 데. 안 그래, 형?"

더는 할 말이 없었다. 이제 일곱 살짜리 아버지에게 적응해야 한다고, 아버지가 입원해 있는 동안 주문을 걸듯 수없이 다짐했건만 막상 그 현실이 닥치니 생각했던 것보다 훨씬 더 난감했다.

아버지는 계속 물었다.

"저건 뭐야? 어, 저거는?"

"바다 피시방, 크라운 베이커리, 하얀 빨래방, 한결 부동산, 아이조아 안경원."

나는 아버지가 더 묻기 전에 창밖으로 보이는 간판을 술술 읽어 줬다.

하루에 고작 세 마디 정도밖에 하지 않던 아버지는 수다쟁이가 되어 있었다. 아버지는 집으로 오는 내내 쉴 새 없이 질문했고, 아무도 대꾸하지 않을 때는 혼자 중얼거렸다.

집에 도착하자 아버지는 마치 처음 와 보는 집처럼 낯설어

했다. 대문에 아버지 지문이 새겨졌을 정도로 오래 산 집인데도 선뜻 대문 안으로 들어서지 못했다. 엄마가 "여기가 우리 집이에요. 어서 들어갑시다." 하고 손을 잡아끌어도 요지부동이었다. 엄마 손에 끌려 겨우 마당으로 들어온 아버지는 또 그 자리에 서서 꼼짝도 하지 않았다. 아버지는 마당에 서서 지붕 쪽을 한참이나 올려다봤다. 나중에 생각해 보니, 그때 아버지가 본 건 말안장처럼 생긴 용마루였던 거 같다.

마당에 서 있던 아버지를 앞에서 엄마가 끌고 뒤에서 형과 내가 밀어서 겨우 집 안으로 들어갔다.

집 안으로 들어서자 아버지의 표정이 한결 밝아졌다. 아버지는 호기심에 가득 찬 눈빛으로 집 안을 구석구석 살펴봤다. 방문마다 열어 보고, 창고도 열어 보고, 냉장고도 열어 보고, 서랍도 열어 봤다. 열 수 있는 건 다 열어 보면서 이것저것 만져 보기도 하고 들춰 보기도 했다.

다치기 전의 아버지는 그런 적이 없었다. 집 안에서 아버지의 행동반경은 딱 세 군데였다. 안방과 부엌과 텔레비전 앞 소파. 아버지가 집에서 하는 일은 딱 세 가지. 잠을 자고, 밥을 먹고, 텔레비전을 보거나 가끔 인터넷으로 바둑을 두는 게 전부였다. 지금까지 내 방에 들어와 본 적도 없었고, 형 방을 들여다본 적도 없었다.

그런 아버지가 내 방까지 들어와 샅샅이 살펴보고, 형 방에도 들어가 봤다. 특히 형 방에 관심이 많았다. 형 방에는 형이 어릴 때부터 모아 온 프라모델이 많았다.

아버지는 장식장 안에 들어 있는 프라모델들을 하나하나 보더니, 장식장 위에 있는 타이태닉호를 집어 들었다.

"이거 나 줘."

타이태닉호는 형의 재산 목록 1호로 형이 일주일 내내 밤을 새우다시피 해서 만든 걸작 중의 걸작이다. 나도 만져 보기는커녕 몇 번 본 적도 없는데, 그걸 달라니. 나는 형 눈치를 살폈다. 형은 신경질적인 표정으로 아버지가 들고 있던 타이태닉호를 빼앗아 장식장 맨 꼭대기에 도로 올려놓았다. 아버지는 금방이라도 울음을 터뜨릴 것처럼 입을 삐죽거렸다.

아버지가 우리 집에 적응하기 힘든 것처럼, 우리도 변해 버린 아버지에게 적응하기 힘들었다.

지금껏 당연하게 지켜 내려온 이 집안의 규율이 한순간에 무너졌다. 아버지를 쉰일곱 살 어른으로 대해야 할지, 일곱 살 어린애로 대해야 할지, 갈피를 잡을 수 없었다. 생각이나 행동은 완전 어린애지만, 그렇다고 아버지가 아버지가 아닌 게 아닌데, 어린애처럼 함부로 대할 수도 없는 문제였다.

평생 아버지에게 순종적이었던 엄마는 이 상황이 무척이나 혼란스러웠을 것이다. 처음에는 예전처럼 아버지에게 존칭을 쓰고, 조금씩 아버지 눈치를 보기도 했다. 그러나 상황은 언제든 변하기 마련이다. 시간이 지나자 "엄마, 엄마!" 하고 부르며 어리광까지 피우는 아버지를 엄마는 막내아들처럼 대하기 시작했다.

아버지는 형한테는 큰형, 나한테는 작은형이라고 했다. 아버지는 그야말로 우리 집의 막내가 된 거다. 호칭만으로 우리 집의 서열이 자연스럽게 재정비됐다. 2년이 지난 지금도 아버지는 여전히 막내다. 앞으로 평생 그럴지도 모른다.

형은 어려서부터 아버지에게 지독하게 맞고 자랐다. 나하고 열 살이나 차이 나는 형이 앞에서 울타리처럼 막아 줬기 때문에 나는 아버지에게 맞아 본 적이 거의 없었다. 내가 아주 어렸을 때 형이 나한테 한 말을 아직도 기억하고 있다.

— 나 어른 되면 아버지 절대 가만 안 둘 거야.

— 어떻게 가만 안 둘 건데?

— 때리면 같이 때릴 거야.

— 아들이 아버지를 어떻게 때려?

— 그럼 아버지가 아들 때리는 건 괜찮냐?

나는 그때 형이 무서웠다. 형의 눈빛은 진짜로 아버지를 때릴 것처럼 섬뜩했다.

형이 고등학교를 졸업한 뒤로 아버지는 형을 때리지 않았다. 나는 형이 아버지를 때리지 않게 돼서 천만다행이라고 생각했다. 그 대신 형은 아버지와 담을 쌓았다. 한집에 살면서도 서로 남남처럼 지낼 정도였다. 아버지를 병원에서 집으로 모시고 올 때도 형 얼굴에는 귀찮아하는 기색이 역력했다. 마침

내 형은 아버지를 철저하게 외면하는 것으로 이 어려운 문제를 회피했다.

진짜 문제는 나였다. 같이 놀이공원 한 번 가 본 적 없는 아버지, 살가운 말 한 번 붙여 준 적 없는 아버지였다. 무뚝뚝하고 무서운 아버지였지만, 형이 생각하는 아버지와 내가 생각하는 아버지는 또 달랐다. 나는 아버지가 무섭기는 했지만, 가엾다고 생각한 적도 있었다. 아버지는 늘 힘든 일을 했고, 집에서는 결코 환영받지 못한 가장이었다. 우리끼리 재미있는 텔레비전 프로그램을 보다가도 아버지가 들어오면 분위기가 썰렁해졌다. 형은 슬그머니 자기 방으로 들어가 버렸고, 엄마는 의무적으로 "밥 차릴게요." 하고는 부엌으로 갔고, 나도 그 어색한 자리를 피했다.

아버지는 집에서 늘 혼자였다. 그게 아버지가 원한 건지 식구들이 원한 건지 모르겠지만, 오래전부터 아버지는 식구 사이에 끼지 못하고 겉돌았다. 그렇다고 아버지가 쓸쓸해하거나 외로워 보였던 건 아니다. 오히려 혼자 밥을 먹고, 혼자 텔레비전을 보고, 혼자 컴퓨터 바둑 게임을 하는 아버지의 모습은 편안해 보였다.

아버지가 사고로 일을 할 수 없게 되자 엄마가 치킨집을 열었다. 직장을 구하고 있던 형이 임시로 엄마를 도와 배달 일을 맡았다. 자연히 아버지를 돌보는 일은 내 몫이 됐다. 졸지에 나는 아버지의 아버지가 되어야 했다. 일일이 가르치고, 돌봐 주고, 같이 놀아 주는 등 아버지가 나한테 한 번도 보여 준 적 없는 모습의 아버지로.

아버지에게는 뭐든 새로 가르쳐야 했다. 젓가락질하는 법, 씻는 법, 내가 학교에 가 있는 동안 낮에 혼자 지내는 법까지. 심지어 밤에 잘 때는 책을 읽어 줘야 했고, 내 뒤를 졸졸 따라다니며 해 대는 하찮은 질문에 일일이 대답도 해 줘야 했다.

제일 큰 문제는 말투였다. 평소 나는 아버지에게 존댓말을 썼다. 하지만 나를 작은형이라고 부르는 아버지한테 말끝마다 존댓말을 쓰는 게 어색했다. 아버지 식사하세요, 라고 했다가 아버지 식사해, 라고 했다가 아버지 밥 먹어, 로 말투가 바뀌었다. 말투가 바뀌니 아버지가 진짜 내 동생처럼 느껴질 때도 있었다.

아버지가 처음 지붕에 올라간 날은 내가 처음으로 아버지 등짝을 후려친 날이었다. 그날 학교에서 돌아와 보니 부엌 바닥은 온통 밀가루 천지였고, 아버지는 하얀 석고상이 되어 있었다. 그 꼴을 보자 열이 확 치밀어 올랐다.

나는 아버지가 들고 있는 밀가루 봉지를 빼앗고 나서 소리쳤다.

"어우 씨, 이게 뭐야? 저리 비켜."

엉거주춤 일어나는 아버지 등짝을 나도 모르게 내리쳤다. 때려 놓고 아차 싶었지만, 그때는 이미 아버지 눈에 눈물이 그렁그렁 맺힌 뒤였다.

"작은형아 미워."

아버지는 입을 삐죽거리며 안방으로 들어가 버렸다. 나는 교복도 갈아입지 못한 채 아버지가 어질러 놓은 부엌을 치웠다. 밀가루는 싱크대는 물론, 한 번도 걸레질을 하지 않은 구석구석까지 날아가 있었다. 다 치웠다 생각하면 어딘가에 또 하얀 자국이 있고, 아무리 빨아도 걸레에서는 계속 하얀 물이 나왔다.

부엌을 대충 치운 다음 아버지를 씻기려고 안방 문을 열었다. 그런데 아버지가 안방에 없었다. 내 방에도, 형 방에도 없었다. 안방 장롱 속에도, 화장실 세탁기 속에도, 부엌 싱크대 속에도 없었다.

가슴이 철렁 내려앉았다.

"아버지! 아버지!"

밖으로 나가 마당을 뒤져 보았다. 쥐구멍까지 샅샅이 찾아봤지만, 보일러실에도 집 뒤에도 없었다. 몸이 부들부들 떨리고, 머릿속이 하얗게 비었다.

미안해, 아버지. 내가 잘못했어. 어디 있는 거야? 제발 속 썩이지 말고 어서 나와.

마음속으로 그렇게 간절히 빌고 있는데,

"이랴, 이랴, 이랴!"

지붕에서 아버지 목소리가 들려왔다. 올려다보니 아버지가 지붕에 앉아 있었다. 빛바랜 기왓장 사이사이로 부드러운 저녁 햇살이 켜켜이 내려앉은 저녁나절이었다. 아버지는 마치 고려 시대의 장수처럼 늠름하게 용마루에 앉아 서쪽 하늘을 보며 힘차게 말 달리는 시늉을 했다. 밀가루를 뒤집어쓴 아버지는 한 마리 백마 같았다.

"아버지!"

큰 소리로 불렀지만 아버지는 나를 본체만체했다. 나는 또 불렀다.

"아버지!"

그제야 아버지가 아래쪽을 힐끔 내려다보며 입을 삐죽였다.

"왜?"

"거기 왜 올라갔어? 얼른 내려와."

아버지는 뾰로통한 얼굴로 고개를 저었다.

"싫어. 작은형아가 나 싫어하니까 안 내려갈 거야. 나 여기서 말 탈 거야."

지붕으로 올라가서 아버지를 끌어 내리고 싶었지만, 솔직히 올라갈 용기가 나지 않았다. 아버지가 좋아하는 라면 끓여 주겠다고 겨우 달래서 내려오게 했지만, 그때를 생각하면 지금도 등에서 식은땀이 난다.

그런데 그 후로도 아버지는 종종 지붕에 올라갔다. 그리고 그때마다 말을 탔다. 지붕에 올라가지 말라고, 떨어지면 죽는다고 몇 번이나 으르고 달랬지만 소용없었다.

아버지가 지붕을 말이라고 생각하는 이유를 알 수가 없다.

그냥 종일 집 안에만 틀어박혀 지내기 때문에 답답해서 그런 거라고 생각하니, 더는 말릴 수가 없다.

아버지는 내가 대문 안으로 들어서자 다람쥐처럼 가볍게 기왓장을 밟고 사다리를 타고 내려왔다. 내려오자마자 바지춤을 잡고 발을 굴렀다.

"작은형아! 나 오줌, 오줌."

오줌이 마려우면서도 내가 올 때까지 꾹 참고 기다린 모양이다.

아버지는 집 안으로 들어가 곧장 화장실로 달려갔다. 나도 아버지를 따라 화장실로 들어갔다. 아버지가 바지를 내리는 것과 동시에 변기 뚜껑을 위로 올렸다.

얼마나 참았는지 오줌 줄기에서 폭포수 소리가 났다.

"아, 시원하다!"

아버지는 몸을 부르르 떨며 마지막 남아 있는 오줌 방울을 툭툭 털어 냈다. 바지를 올리다 말고 아버지가 아래를 내려다보며 씨익 웃었다.

"고추 커졌다가 작아졌다, 히히."

얼마 전 자위를 하는 아버지를 본 적이 있었다. 그날 마루에서 혼자 장난감을 가지고 놀던 아버지가 한참을 개구리처럼 방바닥에 찰싹 달라붙어 꼼짝도 하지 않았다. 아버지는 내가 다가가는 것도 눈치채지 못하고 뭔가에 열중하고 있었다. 가까이에서 보니 아버지의 얼굴은 새빨갛게 달아올라 있었

20

고, 콧등에는 땀까지 송골송골 맺혀 있었다. 눈은 흐리멍덩했고, 입은 반쯤 벌리고 있었다. 찬찬히 살펴보니 상체는 방바닥에 딱 붙이고 있었지만, 하체 쪽은 원을 그리듯 계속 방바닥에 부딪혀 댔다.

엉덩이를 덮고 있는 아버지의 셔츠를 살짝 들춰 보았다. 바지가 엉덩이 중간쯤까지 내려가 있었다. 그 순간, 그게 어떤 상황인지 감이 왔다. 그 모습이 낯설지 않았으니까.

일곱 살 때, 내가 가장 사랑한 건 방바닥이었다.

방바닥에 엎드려 놀다가 문득 방바닥에 사타구니 부분을 부딪혔다. 그런데 기분이 아주 좋았다. 맛있는 것을 먹었을 때나 내가 갖고 싶었던 장난감을 가졌을 때의 기분과는 전혀 달랐다. 몸으로부터 오는 '기분 좋음'이었다. 그 '기분 좋음'이 서서히 온몸으로 퍼지면서 일곱 살의 나는 황홀경에 빠졌다.

한 번 그 기분을 경험한 뒤로 내 그 부분을 자주 방바닥에 대고 문질렀다. 어떤 때는 열이 확확 나고 땀이 삐질삐질 날 만큼 격하게. 어떤 때는 부드럽고 순하게. 그렇게 적절한 테크닉까지 구사할 줄 알게 되었다. 그것이 구체적으로 어떤 행위인지는 깨닫지 못했지만, 인간은 스스로 자신의 몸을 통해 기분이 좋은 상태가 된다는 것쯤은 알 수 있었다. 그것은 배고플 때 밥을 먹으면 배가 부르고, 뭔가를 갖고 싶을 때 떼를 쓰면 갖게 된다는 단순한 진리와 함께 일곱 살의 내가 깨달은 아주 심오한 진리 가운데 하나였다.

그 뒤 자주 '그 짓'을 했다. 장난감 자동차 바퀴에서, 소파 모서리에서, 심지어는 읽고 있던 딱딱한 동화책 모서리에서 황홀경을 만났다.

그러던 어느 날 엄마에게 들켰다. 아버지처럼 저렇게 방바닥에 엎어져 사정없이 비벼 대고 있는데 엄마가 방문을 열고 들어온 거다. 엄마는 내 몸을 거북처럼 발라당 뒤집더니 벌겋게 부풀어 오른 그 부분을 보고는 뭐가 그리 재미있는지 큰소리로 깔깔 웃었다.

"아이구야, 우리 아들 고추 좀 봐. 빳빳하게 섰네, 섰어."

나는 부끄러웠다. 그게 왜 부끄러운 짓인지는 몰랐지만 엄마가 나를 보고 웃자 왠지 창피했다. 그래서 그 뒤로는 아무도 보지 않는 곳에서 은밀하게 그 짓을 했다. 그 짓은 나와 방바닥, 나와 장난감, 나와 책, 나와 소파 모서리와의 비밀이었다.

그전까지 나는 엄마에게 비밀이 없었다. 엄마는 내가 원하는 모든 것을 공급해 줬고, 내가 필요로 하는 모든 것을 다 해 줬다. 그래서 나는 엄마의 일부분, 엄마는 나의 일부분이라고 생각했다. 하지만 엄마에게 내 비밀을 들킨 그날 이후, 엄마에게 숨겨야 할 것, 엄마가 알아서는 안 되는 것들이 하나둘씩 생겼다. 그건 엄마와의 밀착도하고는 상관없는 문제였다.

열한 살 때는 학교 층계 난간과 사랑에 빠졌다.

우리 교실은 3층에 있었다. 그 당시 남자아이들은 층계 대신 층계 난간을 타고 아래층으로 내려가는 장난을 쳤다. 처음에는 두 다리를 모으고 양손으로 난간을 잡은 채 조심스럽게 타고 내려갔지만, 좀 더 기술이 좋아지면 양다리와 양손을 활짝 벌린 채 탔다. 그 덕분에 나무로 된 난간은 윤이 날 정도로 만질만질해졌다.

아이들은 쉬는 시간만 되면 층계참에서 자기 순서를 기다렸다.

한 번, 두 번, 세 번, 네 번. 난간을 타고 내려갈 때마다 기분이 묘해졌다. 처음에는 그게 무슨 기분인지 몰랐다. 횟수가 늘어 갈수록 그 감정의 정체가 일곱 살 이후 자취를 감췄던 황홀경이라는 것을 알았다. 방바닥에 비벼 댈 때보다 훨씬 더 좋은 느낌이었다.

나는 수업이 끝날 때마다 무섭게 교실 밖으로 뛰쳐나가 기를 쓰고 난간에 매달려 미끄러졌다. 경쟁자가 많아 줄을 서야 했지만, 기다리는 그 시간조차도 가슴을 뛰게 할 만큼 황홀했다.

내 차례가 되어 난간에 올라타면, 내 심장은 터질 것처럼 두근거렸다. 폭발 직전의 흥분 상태는 난간을 타고 내려올 때 극점에 다다랐다. 사타구니에서 시작된 흥분은 온몸의 세포 하나하나에까지 퍼져, 아래층으로 난간을 타고 내려가는 게 아니라 구름을 타고 하늘로 올라가는 것 같았다.

난간 타기가 과열 양상을 띠자, 기를 쓰고 난간을 타려는 아이들과 그런 아이들을 기를 쓰고 말리려는 선생님들 사이에 전쟁이 시작되었다. 선생님들은 층계 아래쪽에서 기다리고 있다가 난간을 타고 내려오는 아이들을 회초리로 후려쳤다. 교장 선생님의 애끓는 훈화도, 선생님들의 매서운 회초리와 벌도 소용없었다. 그 당시 우리는 반쯤 미친 것처럼 난간 타기를 즐겼다.

어느 날 사고가 일어났다. 난간에서 미끄럼을 타고 내려가던 한 아이가 그대로 바닥으로 곤두박질치면서 앞니가 모조리 빠져 버린 것이다. 그 광경을 바로 내 눈앞에서 똑똑히 봤다. 옥수수처럼 왕창 빠져 버린 앞니가 바닥에 나뒹굴고, 입을 쩍 벌린 채 텅 비어 버린 잇몸을 내보이며 미친 듯이 울어 대던 그 아이. 이가 빠져 버린 잇몸에 철철 흐르던 그 선혈하며, 공포에 질린 표정. 그때부터 난간 타기를 멈췄고, 내 황홀경도 거기에서 잠시 멈췄다.

내 일곱 살과 아버지의 일곱 살에는 50년 이상의 간극이 있다. 그러나 방바닥에 대고 사정없이 비벼 대는 아버지의 모습은 내 일곱 살과 묘하게 겹쳐졌다. 일곱 살의 아버지와 일곱 살의 나는 엄연히 다른데, 일곱 살의 아버지에게서 일곱 살의 내가 보였다. 잊고 있었던 그날의 내가 떠올랐다.

그렇다고 엄마처럼 그렇게 대놓고, 우리 아버지 고추 좀 봐,

빳빳하게 섰네, 섰어, 라고 말할 수는 없었다. 일곱 살이라도 아버지는 아버지니까.

오줌을 누고 나온 아버지가 내 뒤를 졸졸 따라다니며 라면을 끓여 달라고 졸랐다.

나는 단호하게 말했다.

"안 돼. 조금 있으면 저녁 먹어야 해."

"싫어, 싫어. 나 라면 먹을래."

"안 된다니까!"

"피. 그럼 나 지붕에 또 올라간다."

아버지가 픽 토라져서 입을 삐죽거렸다. 이럴 때는 진짜 일곱 살이다. 나는 이번에도 또 일곱 살짜리 아버지에게 졌다.

"좋아. 그럼 한 개 끓여서 나하고 나눠 먹자."

"잉, 좋아, 좋아."

내가 라면을 끓이는 동안 아버지는 내 옆에 바짝 붙어 서서 입맛을 쩝쩝 다셨다. 라면이 다 끓자 아버지와 똑같이 나눴다. 아버지는 자꾸 내 라면이 더 많다고 트집을 잡았다. 그릇을 서로 바꿔도 그때마다 자꾸 내 라면이 많다고 해서 몇 번이나 바꾼 끝에 결국 처음대로 자기 라면을 먹기로 했다.

아버지는 후루룩 쩝쩝, 요란한 소리를 내며 단숨에 라면을 먹었다. 마지막 남은 국물 한 방울까지 다 마시고 그릇을 내려놓는 아버지에게 물었다.

"아버지는 말이 좋아?"

"응, 좋아."

"왜 좋아?"

"그냥 좋아. 말은 달릴 수 있잖아. 말은 멋있어."

어쩌면 아버지는 내가 생각하는 이유 말고 다른 이유로 지붕 위에 올라가 말을 타는지도 모른다. 빠르게 달리고 싶어서, 멋지게 달리고 싶어서.

내가 아는
가장 먼 미래

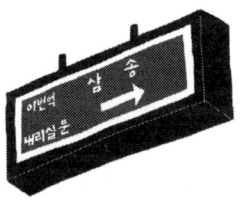

'정모 올 거지? 오늘 오후 1시. 성대 앞 불도마.'

오미령한테서 온 쪽지를 또 한 번 확인했다.

나는 요새 오미령에게 관심이 생겼다. 오미령은 내 절친 희우의 친구다. 희우는 별로 잘난 것도 없는데 한 달에 한 번꼴로 여친이 바뀐다. 지금까지 내가 세어 본 여친만 해도 서른 명이 넘는다. 희우는 전쟁에서 이긴 자들이 전리품을 모으듯 예전 여친들의 사진을 휴대전화 속에 모아 두는 이상한 취미가 있다. 우리는 가끔 심심하면 희우의 휴대전화를 열어 예전 여친 품평회를 한다.

얼마 전 희우의 휴대전화에 저장된 사진들을 보다가 낯선 얼굴을 발견했다. 희우의 여친은 대부분 내가 다 아는데 모르는 애였다. 그러고 보니 사진 속의 얼굴이 좀 특이했다. 보통 여자애들은 사진을 찍을 때 귀여운 척, 예쁜 척, 시크한 척 온 갖 포즈를 취한다. 얼짱 각도만 고집하거나, 입술을 쭉 내밀고 귀여운 표정을 짓거나, 앙증맞게 브이 자를 그려 보인다. 그 래서 여자아이들 사진을 보면 다 그 애가 그 애 같다. 희우 휴 대전화에 있는 예전 여친들 사진만 해도 그렇다. 도무지 누가 누군지 분간이 안 된다.

하지만 내가 본 그 애는 그런 여자애들하고 전혀 달랐다. 정직하게 정면을 뚫어져라 바라보고 있는데, 거기에는 어떤 예쁜 척도 귀여운 척도 시크한 척도 없었다. 대신 미간을 살짝 찡그리고, 정면을 뚫어져라 보고 있는 게 세상에 대한 불만으 로 가득 차 보이는 얼굴이었다. 확실히 교실이나 복도 어디에 서 발에 채는 평범한 여자애들과는 뭔가 느낌이 달랐다.

나는 그 애가 희우의 여친들과는 좀 다르지만 어쨌든 새 여 친일 거라고 생각했다.

"또 바꿨냐? 너 취향 좀 변했다."

사진을 보며 얼핏 지나가는 말로 물었을 때 희우는 정색을 하고 대답했다.

"아니, 앤 친구야. 그냥 친구."

희우에게 '그냥 여자 친구'가 다 있다니, 나는 조금 놀랐다.

희우와 오미령은 초등학교 동창이었다. 둘은 별로 친하지 않았는데, 엄마들이 같은 대학 출신이라는 것을 알고부터 엄 마들끼리 더 친해졌다고 한다. 엄마들은 아이들을 데리고 놀이동산에도 가고, 펜션을 잡아 1박 2일로 놀러 가기도 하고, 심지어는 해외여행까지 같이 다녔다. 지금도 최소한 1년에 네 번씩 분기별로 아들딸 데리고 만나 맛있는 음식을 먹으며 수다를 떤다고 한다. 휴대전화에 있는 사진은 최근 모임에서 만나 찍은 사진이라고 했다.

희우는 사진 몇 장을 더 보여 줬다. 여러 장의 사진 속에 있는 오미령의 표정은 다 비슷했다. 혼자 앉아서 창밖을 멍하니 보고 있는 모습, 정면을 바라보며 얼굴을 찡그리고 있는 모습, 멀리서 혼자 걷고 있는 뒷모습. 희우랑 같이 찍거나 엄마들과 찍은 사진은 한 장도 없었다.

"걔랑 같이 안 놀았어?"

"여친도 아닌데 이 나이에 뭐 하고 같이 노냐?"

"그럼 걔는 뭐 했는데?"

"그냥 혼자 멍 때리고 있더라."

희우의 그 말을 듣고 오미령에게 호기심이 더 생겼다. 그래서 관심 없는 척하면서도 집요하게 오미령에 대해서 캐물었다. 하지만 희우에게서 별로 영양가 있는 대답은 듣지 못했다. 오히려 희우는 오랜 친구인데도 자기가 오미령에 대해 아는 게 별로 없다는 사실을 깨닫고 놀라워했다.

그래도 성과는 있었다. 오미령이 좀 특이한 입맛의 소유자라는 사실을 알아낸 거다. 오미령은 어려서부터 매운 것을 좋아했다고 한다. 아니, 좋아하는 정도가 아니라 병적으로 즐긴다고 했다.

"초등학교 때 한번은 엄마들이랑 음식점에 갔는데 미령이가 청양고추를 고추장에 찍어서 먹는 거야. 걔가 하도 맛있게 먹길래 나도 고추를 끝만 조금 깨물어 먹어 봤지. 그랬더니와, 입에서 확 불이 나더라. 물 한 통 다 먹고 엄마가 사다 준우유까지 한 팩 다 마셨는데도 매워서 혀가 빠지는 줄 알았다니까. 독한 것. 걔 인간도 아냐. 어떻게 그 매운 고추를 그렇게아무렇지도 않게 먹을 수 있냐."

그 말을 하면서 희우는 아직도 매운 것처럼 혓바닥을 길게빼고 고개를 절레절레 흔들었다.

매운 것을 즐겨 먹는다고? 조금 별나긴 해도 특이한 건 아니다. 매운 것을 좋아하는 사람들이 요즘 얼마나 많은데. 텔레비전 프로그램에서도 가끔씩 매운 음식 먹기 대결 같은 것을한다.

하긴, 희우가 말해 준 오미령을 종합해 보면 특이하긴 하다.

수다 삼매경에 빠진 엄마들 사이에서 몇 시간 동안이나 멍하니 있거나, 입에 댈 수조차 없을 만큼 매운 고추를 아무렇지 않게 고추장에 찍어 먹거나, 미간을 찡그린 채 카메라를잔뜩 노려보는 오미령.

딱 내 스타일이다.

오미령에게 남자 친구가 없다는 중요한 정보를 알려 준 대가로 나는 희우에게 동아리에서 가장 예쁜 여자애 전화번호를 넘겨주기로 했다. 희우는 보너스라면서 결정적인 정보까지 던져 줬다.

"걔 인터넷에 카페 운영하고 있어. 이름이 '더 빨강'이라나? 매운 걸 즐겨 먹는 사람들 모임이래. 나한테도 들어오라고 했는데 난 매운 거라면, 으, 끔찍해. 생각 있으면 가입해 보든지."

이거야말로 최고급 정보다. 나는 당장 인터넷에 접속해 카페 이름 '더 빨강'을 쳐 보았다. 진짜로 그런 이름의 카페가 있었다. 카페지기 닉네임은 '와사비', 개설된 지는 1년쯤 됐고 회원은 아홉 명이었다. 카페 대문에는 '고추를 좋아하는 사람들의 식도락 모임'이라는 부제가 적혀 있었다.

나는 즉시 카페에 가입했다. 고추를 좋아해서가 아니라 어떻게 오미령을 좀 꼬셔 보려고. 가입하고 몇 시간 뒤 카페 가입을 축하한다는 카페지기 와사비의 쪽지가 날아왔다. 그냥 형식적인 가입 환영 쪽지였다.

그 뒤로 날마다 카페에 들어가 봤지만 새 글은 올라오지 않았다. 그러던 중 며칠 전 카페 게시판에 정모를 한다는 글이 올라왔다. 세 명이 참석하겠다는 댓글을 달았다. 나는 한참을 고민하다가 '참석 가능' 댓글을 달고 말았다. 그리고 오미령에게는 내가 희우 친구라고, 희우한테 그쪽 얘기 많이 들었다고 정중하게 쪽지를 보냈다. 오미령은 정모 때 보자는 내용의 쪽지만 보내왔다.

정모 날짜가 다가올수록 겁이 났다. 나는 매운 건 딱 질색인데, 그래서 빨간색도 싫어하는데. 토요일 오전까지도 어떡할까 고민하다가 오미령이 보낸 참석 확인 쪽지를 보고 마음을 굳혔다.

그래, 가서 죽더라도 일단 만나 보고나 죽자.

대학생으로 보이는 사람들로 북적대는 대학로를 걷자니 주눅이 들었다. 하지만 곧 오미령을 만날 생각에 마음이 들떠 당당하게 걸었다. 카페에서 알려 준 대로 성대 앞 도로를 걷다가 두 번째 골목으로 들어섰다. 50미터쯤 안쪽에 '불도마' 간판이 보였다. 무슨 음식을 파는지 도무지 짐작할 수 없었지만, 간판에 작고 빨간 고추가 그려진 것으로 미루어 매운 요리를 파는 음식점이라는 것은 짐작할 수 있었다.

겉에서 볼 때는 몰랐는데 음식점 내부는 넓고 깨끗했다. 인테리어는 단조로웠지만, 붉은색 갓을 씌운 조명으로 포인트를 주어 한층 세련된 느낌이었다. 개방형 주방이라 음식을 조리하는 과정을 다 볼 수 있었다. 현관 옆 장식장 위에는 부적 같은 붉은 딱지를 붙인 항아리들이 놓여 있었고, 천장에는 고추와 마늘이 주렁주렁 매달려 있었다.

카페 회원들로 보이는 고딩들이 구석 자리에 앉아 있었다. 한눈에 봐도 '더 빨강' 회원들이라는 것을 알 수 있었다. 거침없이 그쪽으로 걸어가고 있는데, 상석에 앉아 있던 여자애가 나를 보더니 자리에서 벌떡 일어났다. 아, 사진으로만 봤던 오미령이었다.

오미령은 사진보다 훨씬 예뻤다. 얼굴은 투명할 만큼 하얗고 눈은 크고 맑았다. 연예인들이 화면발 안 받는다고 속상해 한다던데, 오미령도 사진발 안 받기는 마찬가지였다. 아무튼 실물이 사진보다 훨씬 괜찮았다.

오미령이 나를 보더니 진작부터 알고 지낸 사이라도 되는 듯 친근하게 물었다.

"네가 불닭이지? 어서 와."

언제 봤다고 반말이다. 하지만 부담 없이 대해 주니 긴장했던 마음이 조금은 풀어졌다.

오미령이 맨 끝자리를 가리키며 앉으라고 했다. 나는 시키는 대로 맨 끝자리로 가서 앉았다. 식탁 앞에는 오미령을 포함해 네 명의 고딩들이 제법 근엄하고 심각한 얼굴로 앉아 있었다.

오미령이 모인 아이들을 천천히 둘러보며 말했다.

"자, 이제 다들 왔으니까 자기소개부터 할까? 시계 방향으로 할게. 먼저 칠리인조이부터."

첫 번째 자리에 앉아 있던 여자애가 자리에서 일어났다. 눈 밑에 거무튀튀한 다크서클이 있고, 꽤나 음침해 보이는 인상이었다.

"난 칠리인조이. 안녕. '더 빨강'에 온 걸 환영해. 여긴 파라

다이스야."

칠리인조이가 언제 봤다고 나를 향해 빙긋 웃었다. 음침해 보이는 인상에 어울리지 않는 상큼한 미소였다.

칠리인조이 옆에 앉아 있던 멀대처럼 키가 큰 남자애가 조금은 건방진 표정으로 말했다.

"난 마파두부. 반갑다."

간단명료해서 좋긴 하다.

이번에는 내 옆에 앉아 있던 여자애가 발딱 일어났다. 앉은 키나 선 키나 비슷할 정도로 작은 키에 얼굴이 갸루 화장을 한 것처럼 새하얗고 입술만 새빨갛다.

"난 고추조아. 와사비랑은 같은 학교 다녀."

헐, 얘가 바로 그 고추조아? 아, 역시 온라인상의 만남은 오프라인으로까지 이어지는 게 아닌데…….

어젯밤 카페에 들어가 그동안 회원들이 올려놓은 글들을 읽어 봤다. 카페가 개설된 지 1년이 지났지만, 글은 겨우 여덟 개가 올라와 있었다.

그중 고추조아라는 닉네임으로 올린 글이 있어서 클릭해 봤다. 제목은 '세상에서 가장 매운 고추'였다.

나는 오늘 세상에서 가장 매운 고추를 먹었어. 처음에는 고추가 나를 완강히 거부했지. 두툼한 고 녀석을 코에 들이댈 때부터 어찌나 매운 내를 풍기던지. 난 냄새만 맡아도 그게 매운지 아닌지 알거든. 너를 정복하고야 말겠다는 심정으로 그것을 그냥 한입에 확 넣었지. 고 녀석을 살짝 깨문 순간, 아, 그 황홀한 맛이라니. 혀는 불이 붙은 것처럼 뜨겁고 가슴은 한없이 두근거렸더랬어.

한 문장 한 문장이 영화의 시퀀스처럼 연결되어 내 머릿속에서 돌아가기 시작했다. 오럴 섹스의 한 장면. 빨간 립스틱을 바른 금발 머리의 여자, 맛있게 입맛을 다시며 두툼한 그것을 그냥 한입에…… 아, 안 돼. 이건 아니잖아. 나는 머리를 흔들었다. 영상이 머리 밖으로 튕겨 나갈 정도로 세차게. 문장을 그저 문장 자체로만 보려고 해도 문장은 자꾸만 영상이 되었다. 아마도 야동을 너무 많이 본 탓일 거다.

남들은 초딩 때 보기 시작한다는 야동을 나는 중학교 3학년, 비교적 늦은 나이에 보기 시작했다. 그 야동이라는 세계가 한번 빨려 들어가면 헤어나기 힘든 블랙홀 같았다. 한동안은 주변 사람들의 알몸이 보였다.

몸매가 꽤 육감적인 영어 선생님 수업 때는 그런 증상이 극에 달했다. 20대 후반의 영어 선생님은 작은 키에 견주어 가슴이 유난히 발달한 축복받은 체형이었다. 옷도 몸에 꽉 끼는 티셔츠나 딱 맞는 블라우스를 입었다. 거기다 얼굴은 아기처럼 귀엽게 생긴, 전형적인 '베이글녀'였다.

선생님이 교실 문을 열고 들어와 교탁까지 걸어오면 잠자고 있던 내 상상력이 풀가동되기 시작했다. 출렁이는 가슴이 훤히 들여다보이고, 날씬하지는 않지만 아담한 알몸이 보인다. 선생님이 수업을 시작하기 전 우리를 한번 쓱 훑어보면 그 눈은 게슴츠레한 야동 속 여주인공과 오버랩 된다. 선생님이 영어책을 읽으면 마치 서양 야동의 대사처럼 들렸다.

선생님이 수업에 집중을 못 하는 나한테 다가와 내 머리를 살짝 때리기라도 하면, 상상은 절정을 향해 치달았다. 그 손길이 내 몸을 부드럽게 어루만지는 것 같아 어지럽기까지 했다.

고추조아가 올린 글을 보니 그때 영어 선생님에게 느꼈던 감정이 되살아났다. 거부, 두툼한, 매운 내, 정복, 한입, 천국, 황홀한 맛, 불, 가슴, 그런 단어들 하나하나가 야릇한 손길이 되어 내 몸을 만지고, 향긋한 입김을 불어 댔다. 심장이 왈랑거렸다.

그 글을 쓴 사람은 분명히 육감적이고 섹시할 거라고 상상했다. 그런 표현은 아무나 쓸 수 있는 게 아니다. 그런데 내 눈앞에 있는 고추조아를 본 순간, 머릿속에서 달캉달캉, 돌이 흔들리는 소리가 들렸다. 이건 아닌데, 하는.

아무튼 고추조아 다음은 내 차례였다. 모두의 눈이 나에게로 쏠렸다. 엉거주춤 자리에서 일어났다. 다리에 힘이 풀려서 후들거렸다.

"난, 난 그러니까, 이름은 길동이라고 해. 잘 부탁한다."

부탁하긴 뭘 부탁해? 나도 내가 그렇게 말할 줄 몰랐다. 확실히 긴장한 게 분명하다.

칠리인조이가 건방진 얼굴로 물었다.

"성은 뭐야?"

"길."

"뭐야, 그럼 이름이 길길동?"

여기저기서 키득거리는 소리가 들렸다. 이름을 소개할 때마다 나는 쥐구멍이라도 있으면 기어들어 가고 싶다. 성은 홍이요 이름은 길동이가 아니라, 성은 '길'이요 이름은 '동'이다. 엄마가 이 거지 같은 이름을 20만 원이나 주고 작명소에서 지었다고 했는데, 어느 작명소인지 찾아가서 백 배 보상 환불이라도 받고 싶다.

나를 끝으로 자기소개가 다 끝났다. 물론 자기네들끼리는 다 알고 있는 사이지만. 그런데 가만 생각해 보니 다들 닉네임으로 소개했는데 나만 본명을 얘기했다. 억울하지만 아직 내 닉네임이 어색하다.

미령이가 자리에서 일어났다.

"난 카페지기 와사비. 바쁠 텐데 와 줘서 정말 고마워. 오늘은 신입 회원도 왔으니까 좀 가벼운 걸로 도전해 보는 게 어떨까?"

미령이가 자리에 앉아 메뉴판을 펼쳤다. 회원들이 자기 앞에 놓인 메뉴판으로 시선을 돌렸다. 나도 얼떨결에 메뉴판을 펼쳤다.

"이 집에서 그래도 먹을 만한 건 이거야."

미령이가 가리킨 메뉴는 얼큰해물지옥탕. 사진에 찍힌 음식은 고춧가루 범벅에 해물이 잔뜩 들어가 있는 해물탕 비슷한 음식이었다. 보기만 해도 속이 쓰리다. 어쩌지? 난 매운 음식은 쥐약인데. 어렸을 때는 김치도 물에 씻어서 먹었을 만큼, 매운 음식은 끔찍한데.

우리의 뇌는 매운 것을 맛이 아니라 통증으로 분류한다.

커다란 대야 같은 그릇에 담겨 나온 순도 100퍼센트의 붉은 국물과 수북이 쌓인 해물 건더기를 보는 순간, 내 뇌는 모든 감각 기관에 명령을 보냈다.

— 곧 엄청난 고통이 시작될 테니, 아픔을 느낄 준비를 하고 있을 것.

나는 두려움에 떨고 있는데 아이들은 마치 신성한 물건을 대하는 것처럼 경건한 표정으로 눈앞에 놓인 얼큰해물지옥탕을 내려다보았다.

누가 침을 꼴깍 삼켰다.

미령이는 성수와 성찬을 나눠 주는 신부님처럼 얼큰해물지옥탕을 각자의 접시에 덜어 주었다. 내 건 그냥 통과해도 고맙겠는데 내 접시에 덜어 준 국물이 다른 애들 것보다 더 많았다.

미령이가 국물을 내려다보며 황홀한 듯 말했다.

"색깔 정말 죽인다. 맛도 죽이겠지?"

모두 숟가락을 들고 국물을 떠먹기 시작했다. 나는 도저히 입으로 가져갈 용기가 없어 숟가락도 들지 못했다.

국물 맛을 본 미령이가 만족스러운 표정으로 말했다.

"음…… 위장을 확 훑어 내리는 것 같으면서 뒤끝이 개운하네. 역시 명성대로 훌륭해. 근데 불닭, 넌 안 먹어?"

아이들의 눈이 갑자기 모두 나에게로 향했다. 아, 불닭. 맞다. 내 닉네임이 불닭이었지. 엄마가 한때 개발하려다 실패한 메뉴가 떠올라서 아무 생각 없이 지은 거였는데. 이렇게 불닭이라는 이름으로 불리고 나니 불닭과 나 사이가 엄청나게 가까워진 느낌이다. 나는 마지못해 숟가락을 집어 들었다. 아이들은 어서 나에게 국물을 한 숟가락 떠먹으라는 듯한 눈빛을 마구 쏘아 댔다.

국물 한 숟갈을 떠서 입속에 넣고 굴리다가 꿀꺽 삼켰다. 역시나! 혀는 즉시 통증을 뇌에 전달했고, 뇌는 즉시 명령을 내렸다.

― 고통이 시작되고 있으니, 아픔을 느낄 것.

고통이 서서히 온몸으로 퍼졌다. 모든 감각을 상실한 혀에는 두꺼운 벽돌을 얹어 놓은 것 같은 무게감마저 느껴졌다.

"좋은……데?"

간신히 말했다.

모두 유쾌하게 얼큰해물지옥탕을 먹었다. 오징어와 홍합 같은 해물 건더기를 건져서 먹기도 하고, 그릇째 들고 후룩후룩 국물을 마시기도 했다. 한 숟갈 떠 넣기도 힘든 매운 국물을 아이들은 잔치국수 국물처럼 마셔 댔다.

이미 감각이 없어져 아무 맛도 못 느낄 줄 알았는데, 건더기가 들어가자 입안에서 또다시 고통이 아우성을 쳤다.

— 제발 죽여 줘. 이제 끝내.

물을 벌컥벌컥 마셨다. 더 맵다. 구석에 몰린 쥐처럼 정신이 하나도 없었다. 안절부절못하고 있는데 미령이가 가방에서 우유를 꺼내 따 주었다.

"널 위해 챙겨 왔지. 매운 걸 먹을 때 물을 마시면 불이 났을 때 기름을 끼얹는 것과 같아. 캡사이신에는 기름기 성분이 있는데, 그게 혀에 달라붙어서 물을 마셔도 씻겨 내려가지 않거든. 우유를 마시면 우유가 기름기를 씻어 주기 때문에 덜 매워. 자, 한 번에 원샷!"

이건 뭐 병 주고 약 주는구나. 어쨌든 200밀리리터 우유를 단숨에 다 마셔 버렸다.

그래도, 맵다. 여전히.

정모는 매운 음식만 먹고 싱겁게 끝났다. 칠리인조이가 나온 김에 노래방이나 가자고 꼬드겼지만 미령이는 집에 가야 한다면서 단호히 거절했다. 미령이도 없는데 혼자 따라가기 뭣해서 나도 약속이 있다고 거절해 버렸다. 하긴 약속이 있기는 하다. 가게에 가서 배달을 해야 한다. 오늘은 토요일이고 한일 축구 경기가 열려서 배달 주문이 많은 날이다. 형 혼자서 배달하기에는 벅차기 때문에 가서 도와야 한다. 칠리인조이와 고추조아, 마파두부는 노래방에 간다며 대학로로 향했고, 나하고 미령이만 전철을 탔다.

토요일 오후라 그런지 전철에는 사람들이 정말 많았다. 사람들 틈을 겨우 비집고 들어가 나란히 섰다.

무슨 말을 어떻게 시작해야 하지? 평소에 희우를 우습게 봤는데 이제부터 존경하기로 했다. 이렇게 손발이 오그라들 정도로 어색한데 어떻게 그렇게 많은 여자 친구를 갈아 치울 수 있는지 정말 대단하다.

인생은 타이밍이라는데, 도대체 그 타이밍이 언제인지 모르겠다. 전철은 계속 달렸고, 승객들은 점점 줄어들었고, 미령이와 나 사이는 점점 더 어색해져 가기만 했다.

결국 전철이 구파발에 도착할 때까지 한마디도 못했다.

이 열차의 종착역 구파발에 도착했다고, 잊으신 물건 없는지 확인하고 안녕히 가시라는 방송이 흘러나왔다.

미령이는 나를 투명 인간 취급하며 먼저 내렸다. 나도 대화행 전철로 갈아타기 위해 따라 내렸다. 미령이는 밖으로 나가지 않고 둥근 기둥에 붙어 있는 플라스틱 의자에 걸터앉았다. 옆자리에 자기 가방을 올려 둔 것으로 봐서 내 자리를 맡아놓은 것 같았다. 내가 다가가자 미령이가 의자에 앉으라는 듯 가방을 집어서 자기 무릎 위에 올려놓았다. 희우에게 듣기로 미령이는 구파발에 산다고 했다. 희우랑 같은 동네에 살아서 엄마들끼리 자주 만난다고 했던 거 같은데, 왜 여기서 안 나가지? 혹시 나를 배웅하려고? 슬슬 감동이 밀려오려고 한다.

미령이가 물었다.

"어디까지 가니?"

"삼송."

"어? 나도 삼송까지 가는데?"

구파발이 아니라 삼송이라고? 이게 도대체 어떻게 된 거야? 이렇게 된 이상 알은척을 해야겠다.

"너 구파발 사는 거 아니었어?"

"희우가 말 안 했나? 나 삼송으로 이사한 거. 며칠 전에 새 아파트로 이사했어."

아, 그랬구나. 희우 이 녀석, 그 중요한 정보를 왜 말 안 했지? 아무튼 우리 동네 산다고 하니까 왠지 희망에 한 발짝 더 다가선 느낌이다.

우리 동네 새 아파트라면 혹시 우리 집에서 보이는 그 신축 아파트로 이사 왔다는 건가? 거긴 주변이 아직 공사 중이고 아파트 몇 동만 달랑 서 있는 황량한 곳이다. 그렇지만 외관이 유럽의 웅장한 성을 연상시킬 정도로 위엄 있고 평수도 넓은 고급 아파트다. 언제 허물어질지 모르는 몇십 년 된 우리 집하고는 차원이 다르다. 다른 건 다 좋은데 미령이가 그 아파트에 산다는 건 좀 부담이 된다.

어색한 침묵도 깰 겸 미령이에게 물었다.

"너 매운 거 되게 잘 먹더라. 왜 매운 걸 좋아하게 됐어?"

미령이는 미간을 찡그리며 생각에 잠겼다. 그 질문이 심각하게 고민해야 할 만큼 어려운 질문이었나?

미령이는 한참을 생각하다가 진지하게 말했다.

"매운 걸 좋아하는 데는 저마다 이유가 있을 거야. 어떤 사람은 그냥 좋아서 먹을 수도 있고, 어떤 사람은 스트레스가 쌓이거나 욕구 불만일 때 먹을 수도 있고, 어떤 사람은 삶이 재미없고 시시하게 느껴질 때 매운 걸 먹고 정신이 번쩍 들 수도 있고."

정신이 번쩍 들게 하려면 여러 가지 방법이 있다. 얼음물로 샤워를 하거나, 번지 점프를 하거나, 명동 한가운데서 스트립쇼를 하거나, 창문을 열고 돼지 멱따는 소리로 노래를 하면 된다. 매운 걸 먹는 건 자기 학대다. 위도 학대하고 장도 학대하고 무엇보다 혀를 심하게 학대하는 거다. 잊고 있었는데 아까 먹은 얼큰해물지옥탕의 망령이 되살아나 또다시 혀끝이 매워졌다.

"넌 어느 쪽인데?"

"글쎄?"

글쎄, 라니. 그런 모호한 대답을 원한 건 아닌데. 아무래도 미령이는 나하고 별로 길게 대화를 하고 싶지 않은 모양이다. 그렇겠지. 오늘 처음 만났고, 내가 왜 '더 빨강'에 가입해서 쥐약 같은 매운 음식을 먹어야 했는지 그 이유를 알 리가 없을 테니까.

이번에는 미령이가 물었다.

"넌 스트레스를 어떻게 풀어?"

난, 야동을 봐.

스트레스가 쌓일 때마다 나는 내 컴퓨터 깊숙이 저장된 무수한 야동을 클릭한다.

나는 스트레스는 땀과 같아서 다 빼내 버리고 나면 개운해진다고 생각했다. 그래서 스트레스가 쌓이면 나가서 신 나게 공을 차거나 운동을 했다. 힘들게 운동하고 나면 땀과 함께 스트레스까지 쫙 빠져나갔다.

하지만 졸지에 아버지의 보호자가 되고 난 뒤로는 아무리 운동을 하고 땀을 빼도 스트레스가 풀리지 않았다. 아니, 오히려 체내에 스트레스가 점점 더 쌓여서 동맥 경화에 걸릴 지경이었다. 아버지를 돌보느라 운동할 마음의 여유도 없었다. 만사가 귀찮고 피곤했다. 그러다 우연히 영화를 보게 됐다. 운동으로 풀리지 않던 스트레스가 영화를 보는 동안에는 마법처럼 풀렸다.

처음은 케이트 윈슬렛으로 시작됐다. 나는 좀 의식 있는 척을 하고 싶어서 '예술 영화 감상'이 취미라고 주장하고 다녔다. 내 또래 남자아이들이 게임 속 캐릭터 이름을 줄줄 외우고 다닐 동안 나는 영화배우 이름을 줄줄 외우고 다녔다. 아이들은 그런 나를 별종 취급 했지만, 그것이 평범한 애들과 나를 구분 짓는 나 나름의 경계선이라 여기고 열심히 예술 영화에 심취했다.

내가 케이트 윈슬렛을 처음 만난 건 어둠의 경로로 내려받아 본 영화 〈타이타닉〉에서였다. 하지만 그 영화는 전혀 감동스럽지도, 감격스럽지도, 내 얄팍한 예술욕을 채워 주지도 못했다. 킬링 타임용으로 딱 좋은 영화였다. 그때까지만 해도 여주인공 케이트 윈슬렛은 나에게 그렇고 그런, 예쁜 여배우 중한 명이었다. 그런데 그 얼마 뒤에 본 영화 〈더 리더〉 속의 케이트 윈슬렛은 전혀 다른 여인이 되어 내 앞에 나타났다.

〈더 리더〉를 다 볼 때까지 영화 속의 그 성숙한 여인이 〈타이타닉〉의 그 예쁘고 풋풋했던 케이트 윈슬렛이라는 사실을 몰랐다.

〈더 리더〉는 소년 마이클과 나이 많은 여인 한나에 관한 이야기다. 훌륭한 원작을 바탕으로 한 수준 높은 영화라지만, 내 눈에는 아직 덜 익은 영화 속 남자 주인공 마이클과 익을 대로 농익은 여자 주인공 한나와의 베드신만 보였다.

마이클의 본능이 내 본능까지도 깨웠다.

이제 막 성에 눈뜬 마이클의 목표는 단 하나, 한나를 찾아가 섹스를 하는 것.

내 목표도 단 하나, 매일 밤 꿈속에서 케이트 윈슬렛을 만나 섹스를 하는 것.

나는 밤마다 이불을 머리까지 뒤집어쓰고, 접신을 하듯 서서히 그녀를 만날 준비를 했다. 새하얀 얼굴과 붉은 입술과 조금 처졌지만 아직은 탱탱한 가슴과 붉은 젖꼭지와 풍만한 엉덩이와 허벅지, 어깨부터 발끝까지 하나로 이어지는 완만한 곡선을 이룬 아름다운 그녀의 육체가 내 침대 속으로 들어왔다. 그녀의 손이 내 머리카락을 부드럽게 쓰다듬고, 내 뺨을 어루만지고, 내 가슴을 손바닥으로 문지른 뒤, 그녀의 몸이 서서히 내 몸에 밀착되어 왔다.

나는 그녀의 몸속으로 들어가고 싶어 미칠 지경이었다. 점점 더 그녀에게 밀착되어 가지만, 그것이 진짜 섹스인지 아닌지는 알 수 없었다. 어쨌든 몸이 팽팽해지면서 마음은 점점 불안해지기도 하고, 열차가 달리듯 가슴에서 덜컹덜컹 소리가 나기도 했다. 어느 순간 몸이 풍선처럼 공중에 붕 떠올랐다. 풍선 안에는 황홀감과 흥분, 쾌감이 가득 차 있었고, 더는 견디지 못하겠다고 느끼는 순간, 뻥 소리가 나면서 풍선이 터져버렸다. 분수처럼 터진 정액이 팬티를 흠뻑 적시고, 수천 조각으로 산산조각이 난 내 몸의 형체들은 방 안 가득 눈처럼 쏟아져 내렸다. 내가 기억하는 첫 몽정이었다.

매일 밤, 그녀는 내 침대 속으로 들어왔다. 매일 밤, 나는 그녀와 섹스를 했다.

자위와 몽정 사이에는 길고 좁은 구름다리 하나가 걸려 있는 것 같았다. 위험천만한 구름다리를 건너면 전혀 상상하지 못했던 새로운 세계가 펼쳐졌다.

자위를 할 때는 상대가 없었지만 몽정을 할 때는 상대가 있었다. 그것도 섹시하고 지적이고 아름다운 세계적인 여배우가.

나는 심지어 케이트 윈슬렛과 영어로 대화하기 위해 회화 공부까지 열심히 했다. 머릿속에서 케이트 윈슬렛에게 "투나잇 이즈 베리베리 원더풀."이라고 말하면 케이트 윈슬렛은 붉은 입술을 벌려 "미 투, 베이비."라고 대답했다. 더 길게 대화하고 싶었지만 내 영어 회화 실력은 긴 대화를 하기에는 언제나 너무 짧았다.

그러던 어느 날, 내 침대 옆에 두루마리 휴지 한 개가 놓여 있었다. 엄마였다. 밤마다 몽정을 해서 적신 팬티를 본 엄마가 나를 배려한답시고 놓아둔 휴지였다. 그런데 웬일인지 그 휴지가 내 침대 옆에 놓인 그날 밤부터 케이트 윈슬렛은 내 침대 속으로 들어오지 않았다.

케이트 윈슬렛이 떠나자 나는 너무나 외로웠다. 섹스는 안 해도 좋으니 그냥 내 옆에서 잠들어 줬으면 좋겠다고 생각했다. 그냥 아무 짓도 안 해도 좋으니 밤새 내 옆에 누워 있기만이라도 했으면. 그러나 아무리 접신을 하듯 주문을 외워도 한번 떠난 케이트 윈슬렛은 돌아오지 않았다.

케이트 윈슬렛을 대신할 만한 여자를 찾기 위해 밤마다 컴퓨터를 뒤졌다. 그러다 우연히 이탈리아 포르노 배우 치치올리나가 나오는 영화를 보았다. 긴 머리에 가녀린 몸매, 두툼하고 붉은 입술, 꿈꾸는 듯 몽롱한 눈빛. 첫눈에 그녀에게 반해버렸다. 더구나 그녀의 연기는 화끈하고 거침이 없었다. 그녀는 나를 본격적인 야동의 세계로 유혹했다.

처음 본 야동은 나에게 또 다른 신세계였다. 후끈 달아오른 열기, 짙은 살냄새, 롤러코스터를 탄 듯 짜릿한 기분. 한동안 그 속에서 헤어날 수 없었다.

야동은 예술 영화를 볼 때와 달리 생각을 할 필요가 없다. 은유와 상징이 없으니 머리를 쓸 필요도 없다. 오로지 지루한 전개와 화려한 절정만 있을 뿐이다.

사람이 옷을 입고 있는데도 가끔 알몸으로 보인다는 부작용이 있지만 그건 어디까지나 초기 증상일 뿐, 중기로 넘어가면 해소된다. 중기 부작용이라면 감각이 점점 무뎌지고, 어떤 자극적인 장면에서도 쉽게 감동(?)하지 못한다는 점이다.

아버지가 사고를 당하고 나서 내 스트레스는 한계치를 벗어나 측정할 수 없을 만큼 높아졌다. 확실히 야동을 보는 동안에는 아무 생각도 나지 않았다. 그것이 나에게는 야동의 순기능이다. 적어도 야동을 볼 때와 그 부작용이 나타날 동안에는 스트레스에서 벗어날 수 있으니까. 내 증상은 지금 중기쯤 된다. 잡지 넘기듯 야동을 획획 넘길 때도 있다.

그렇다고 미령이에게 "자, 이게 내 스트레스 해소법이야."라고 말할 수는 없었다. 뭔가 다른 대답을 궁리하는데, 다행히 이제 곧 열차가 도착한다는 문구가 전광판에 반짝거렸다. 나는 구세주를 만난 듯 반갑게 의자에서 일어났다. 어느새 주변에는 대화행 열차로 갈아타려는 사람들이 꾸역꾸역 모여들어 있었다.

이제 별로 시간이 없다. 빨리 말해야 한다. 앞으로 연락해도 되냐? 나 너 마음에 드는데, 우리 사귈래? 변화구로 할까 돌직구로 할까 고민하고 있는데 미령이가 뜬금없이 물었다.

"네가 아는 가장 먼 미래는 언제야?"

느닷없는 질문에 아무 대답도 못 하고 미령이를 바라보기만 했다. 미령이는 사뭇 진지한 표정으로 나를 바라보았다. 그 눈빛이 서늘해서 놀랐다.

나는 잠시 멍해졌다.

내가 아는 가장 먼 미래? 스무 살, 아니 마흔 살?

전철이 달려왔다. 이럴 줄 알았으면 평소에 가장 먼 미래에 대해서 생각해 두는 건데. 누가 이런 질문 받을 줄 짐작이나 했나?

전철이 와서 멎었다. 한 무리의 사람들이 우르르 내리고, 줄을 서 있던 사람들이 서둘러 전철 안으로 들어갔다.

사람들에게 밀려 전철 안으로 들어갔다. 문이 닫히고, 전철이 출발했다. 한 정거장을 더 오면서 아무리 생각해 봐도 할 말이 없어서 대답을 못 했다.

내가 아는 가장 먼 미래……, 라니.

늘 뜻대로
되는 건 아니다

살살 아프던 배가 집에 도착하자마자 이상 신호를 보냈다. 내가 아는 가장 먼 미래는 '바로 지금'이다. 전철에서 내리자마자 미령이 전화번호도 묻지 못하고 집으로 달려왔다. 금방이라도 나이아가라 폭포처럼 쏟아져 내릴 것 같은 설사. 괄약근에 잔뜩 힘을 주고 가방을 집어 던지며 화장실로 달려갔다. 그런데 아뿔싸! 화장실 문이 잠겨 있었다. 안에서 물소리가 났다.

"문 열어! 급해!"

쿵쿵, 주먹으로 문을 두드렸다. 너무나 급해서 눈앞이 노래졌다. 물소리가 멈추고 문이 열렸다. 문이 다 열리기도 전에 총알처럼 화장실로 뛰어들어 바지를 내렸다. 변기에 앉자마자 괄약근이 열리면서 어마어마한 것들이 쏟아져 나왔다. 매운 것을 입으로 먹었는데 고춧가루를 뿌린 것처럼 항문이 화끈거렸다. 다 쏟고 났더니 뒤집혔던 속이 조금은 편안해졌다.

차츰 정신을 차리던 나는 깜짝 놀랐다. 들어올 때는 몰랐는데, 화장실 안이 난장판이었다. 욕조 안에는 거품이 가득하고, 그 안에서 발가벗은 아버지가 거품을 가지고 놀고 있었다. 가루비누 한 통을 다 쏟아부었는지 빈 가루비누 통이 화장실 바닥에 나뒹굴고 있었다.

아버지는 온몸에 거품을 묻힌 채, 거품을 후후 불기도 하고 휘휘 젓기도 하면서 어린애처럼 정말로 재미나게 놀고 있었다. 화장실 바닥에도, 거울에도, 벽에도, 온통 거품이었다.

아버지는 나를 향해 손 위에 쌓여 있는 비누 거품을 후, 불었다. 비누 거품은 내 쪽으로 사뿐히 날아오다 공중에서 산산이 흩어졌다.

"구름이다, 구름. 히히."

이럴 때는 정말 돌아 버리겠다. 변기 물을 내리고 아버지에게 소리쳤다.

"아버지 미쳤어? 이걸 다 쏟으면 어떡해?"

더 놀겠다는 아버지를 일으켜 몸에 있는 비눗기를 씻겼다. 아무리 씻겨도 계속 거품이 나왔다. 아직 채 녹지 않은 가루비누가 아버지 몸에 덕지덕지 붙어 있었다. 머리카락 속에도, 겨드랑이에도, 사타구니 사이에도 작은 가루비누 알갱이가 붙어 있었다. 때수건으로 있는 힘을 다해 아버지 몸을 박박 문질러 댔다. 아버지가 아프다고 징징거렸다.

샤워기 물을 틀어 아버지 몸을 씻겼다. 하지만 몸에 달라붙어 있는 가루비누 입자들은 쉽게 쓸려 내려가지 않았다. 다시 때수건으로 아버지 몸을 닦아 냈다. 비누를 묻히지 않았는데도 아버지 몸이 거대한 비누라도 되는 것처럼 계속 거품이 나왔다. 아버지는 간지럽다고 몸부림을 쳤다. 가만히 있어도 힘든데 몸부림을 치니 더 힘들었다.

성질 같아서는 몸부림치는 아버지 등짝을 찰싹 때리고 싶었다. 아버지가 진짜 내 동생이라면 등짝을 몇 대 후려쳤을 거다. 어렸을 때 목욕하기 싫다고 발버둥 치는 내 등짝을 엄마가 왜 그렇게 후려쳤는지 알 것도 같았다.

등짝을 후려치는 대신 뜨거운 물을 확 틀었다. 앗, 뜨거. 아버지가 화들짝 놀랐다. 뜨거운 물을 더 틀었다. 아버지는 계속 뜨겁다고 했지만 나는 들은 척도 하지 않고 뜨거운 물을 더 세게 틀었다. 아버지 몸이 빨개졌다. 그것으로 소심한 복수 끝.

앞을 다 닦아 주고서 화가 난 목소리로 명령했다.

"돌려."

아버지가 몸을 돌렸다. 등에는 거무튀튀한 반점과 여드름, 크고 작은 상처가 가득했다. 특히 어깨 쪽은 무거운 짐을 많이 들어서 그런지 차돌처럼 단단했고, 상처도 있었다.

사람의 몸은 그 사람이 어떻게 살아왔는지를 보여 주는 정직한 도화지 같다. 평생 막일을 했던 아버지의 몸은 눈물겹도록 투박하다. 나무토막처럼 두텁고 갈라진 손가락, 억센 근육이 자리 잡은 팔뚝, 여러 종류의 상처가 훈장처럼 박혀 있는 어깨와 등, 말 근육처럼 튼실한 허벅지, 그리고 한 번도 펴 본 적 없는 미간의 주름살, 반쯤 센 머리카락으로 덮인 납작한 머리.

그런데 가만 보니 아버지 등에 세로로 길게 멍 자국이 나 있었다. 멍 자국은 하나가 아니라 여러 개였다. 어떤 건 희미한 보랏빛이었고, 그보다 조금 진한 색과 빨간색도 있었다. 몽둥이로 맞은 자국 같았다.

"등이 왜 이래?"

"뭐가?"

"누구한테 맞았어?"

아버지는 몇 초쯤 망설이다가 기어들어 가는 목소리로 대답했다.

"아니."

혹시 물감으로 장난하다 등에 묻혔나 싶어서 때수건으로 박박 문질렀다. 하지만 자국은 지워지지 않고 더 선명해졌다. 아버지는 등을 움찔거렸다. 그러더니 그만 씻겠다며 갑자기 욕조 밖으로 나왔다.

아버지가 나가고 나서 비누 거품 천지가 된 화장실을 청소했다. 타일에 달라붙어 있던 가루비누는 아무리 물을 뿌리고 솔로 문질러 대도 거품 제조기처럼 계속 거품을 뿜어냈다. 청소해 봤자 화장실이다. 우리 집 화장실은 영화에 나오는 수용소 화장실하고 비슷하다. 누렇게 때가 긴 타일은 아무리 문질러 닦아도 하얘지지 않았다. 바닥도 벽도 욕조도 온통 새까만 물때와 곰팡이가 끼어 있다. 변기도 새고, 금이 간 세면대는 언제 깨져 발등을 찧을지 모른다.

화장실뿐만 아니라 우리 집 전체가 낡았다. 개는 사람보다 다섯 배쯤 빠르게 나이를 먹는다는데, 집은 사람보다 몇 배나 더 빠르게 나이를 먹는지 모르겠다. 사람은 쉰 살이 넘어도 그렇게 늙은 나이가 아니지만, 지은 지 50년이 넘었다는 우리 집은 사람으로 치면 호호백발 노인 같다.

원래는 검은색이었던 기와는 검은 물이 빠져나가 회색이 되었고, 시멘트를 발라 놓은 벽에는 누가 숯으로 그어 놓은 것 같은 금이 가로세로로 죽죽 가 있다. 마당이라고 있는 건 사방이 딱 두 사람 정도 누울 만한 크기다. 그래도 엄마는 마당 한쪽을 일궈 텃밭을 만들었다. 몇 년 전까지만 해도 텃밭에서 자란 싱싱한 채소가 밥상에 올라왔지만, 아버지가 다친 뒤로는 그 손바닥만 한 텃밭도 폐허가 되다시피 했다.

집 안은 바깥보다 훨씬 처참하다. 마루는 걸을 때마다 삐거덕 소리를 냈고, 나무로 된 천장에는 수많은 벌레가 집을 짓는 통에 나무 가루가 밀가루처럼 쏟아진다. 한 번도 새로 발라 본 적이 없는 벽지는 무늬가 다 사라져 버려서 원래 무늬가 어떤 거였는지 확인 불가.

그나마 다행인 건 이런 집에서 살 날도 이제 멀지 않았다는 거다. 우리 동네에는 온통 재건축 바람이 불고 있다. 대규모 신도시가 들어선다고 했던 게 몇 년 전. 빈 땅에는 고층 아파트가 속속 들어서고 있고, 오래된 집들이 밀집된 우리 동네도 곧 헐리고 새 아파트가 들어선다. 동네에는 벌써 빈집이 많아졌다. 거기 살던 사람들은 보상비를 받고 이사를 갔다. 대개 우리 집처럼 평수가 작은 집들이라서 보상비는 별로 많이 받지 못했다. 그 보상비로 이곳에 들어설 아파트에 입주하는 건 불가능하다. 이 동네에 살던 사람들 대부분이 싼 아파트를 찾아 더 외곽으로 나갔다.

아버지가 사고를 당하기 전에는 우리도 외곽으로 이사할 예정이었다. 하지만 상황이 달라졌다. 엄마와 형이 의논한 끝에 우리는 보상비로 치킨집을 차렸다. 치킨집을 차리고 남은 돈은 싼 전셋집이라도 구하려고 은행에 넣어 두었다.

엄마는 우리 집의 모든 경제권을 형에게 맡겼다. 엄마는 대학까지 나온 형에게 많이 의지했다. 돈 관리는 물론, 각종 공과금을 내는 은행 업무와 치킨집 매출 관리까지 모두 형이 맡고 있다. 그동안은 아버지가 모든 경제권을 쥐고 있어서 엄마는 은행 업무나 돈 관리에는 전혀 관심도 없었고 제대로 하지도 못했다.

화장실 청소를 다 끝내고 나와 보니 아버지는 팬티만 입은 채 마루에서 잠들어 있었다. 그런 아버지가 얄미웠지만 담요를 꺼내 덮어 주었다. 아버지가 감기 들면 나만 손해다.

십자드라이버 하나로는
세상을 열 수 없다

분홍색 교복 단추를 하나씩 푼다. 가슴이 콩닥콩닥 뛴다. 마지막 단추까지 다 푼다. 이제 곧 새하얀 속살이 드러나겠지. 손을 대기만 해도 실크처럼 손가락이 미끄러지는 부드러운 속살이. 그 가슴에 손가락을 갖다 댈 거다. 위에서부터 내 손가락이 부드러운 살결을 따라 내려가겠지. 음악처럼 조용하게, 또는 리드미컬하게. 그러다 가슴에 코를 박고 향기를 맡는 거지. 아아, 그 향기는 또 얼마나 달콤할까?

그런데 이상하다. 분명히 단추를 아래까지 다 풀었는데, 고개를 들어 보면 맨 위 단추는 또 단단하게 채워져 있다. 조급한 마음으로 또 단추를 푼다. 하나씩, 하나씩. 분명히 아래까지 다 풀었다. 그런데 고개를 들어 보면 도로 다 채워져 있다. 이건 도대체 뭐지? 분명 마지막 단추까지 다 풀었는데, 왜 풀어도 풀어도 자꾸만 도로 단단히 잠기는 거야? 도대체 왜?

띠리리릭.

문자 신호음에 잠에서 깼다. 주위는 어둑어둑했다. 한동안 멍하니 앉아서 지금 이 상황이 어떤 상황인지 생각해 보려고 애를 썼다. 나는 분명히 어떤 여자의 교복 단추를 풀고 있었다. 그 교복 주인은 분명히 미령이였다. 얼굴은 보이지 않았지만 느낌으로 알 수 있었다. 꿈속에서는 그렇다. 무엇이든 알게 된다. 그것이 꿈이라는 것도, 꿈이라는 것을 인식하고 있는 나 자신도.

잠이 깼지만, 여전히 정신은 혼미했다. 낮에 본 미령이를 떠올려 봤다. 그 애의 표정, 머리 모양, 눈빛, 입매, 목소리, 말투, 취향 등. 분명하게 떠오른다. 꿈속의 그녀를 떠올려 봤다. 터질 듯 몸에 꽉 끼는 분홍색 교복, 새하얀 속살, 짙은 살냄새. 그 둘을 하나로 합체시켜 본다. 아, 안 된다.

띠리리릭. 문자 신호음이 또 울렸다.

— 빨리 와. 가게 바빠.

— 야, 아직 안 튀어 오고 뭐 해?

— 빨리 안 와?

— 너 정말 죽을래?

— 지금 당장 안 튀어 오면 너 오늘 내 손에 죽는다.

형한테서 5분 간격으로 온 문자들이 벽돌처럼 차곡차곡 쌓여 있었다. 시계를 보니 저녁 7시 30분. 아버지를 목욕시키고 화장실 청소까지 하느라 기진맥진해져서 잠깐 쉰다는 게 아버지 옆에서 깜박 잠이 들어 버렸나 보다. 아버지는 드르렁드르렁 코까지 골며 단잠에 빠져 있었다.

일어나서 식탁에 아버지 저녁밥을 차려 놓고 가게로 튀어 갔다.

배달을 가기 위해 양손에 치킨 봉지를 들고 나오던 형과 가게 앞에서 마주쳤다. 형은 나를 보자마자 눈알을 희번덕거리며 덤벼들더니 어깨로 나를 밀쳤다. 그것으로도 성에 안 찼는지 내 오금을 힘껏 걸어찼다. 뼈가 으스러진 것처럼 끔찍하게 아팠다.

형이 치킨 봉지를 오토바이 뒤에 달린 바구니에 올려놓고는 나에게 다가왔다.

"너 이 새끼, 오늘 죽었어."

내가 노느라 늦게 온 것도 아닌데 좀 억울했다.

"놀다 온 거 아니란 말야."

"내가 오늘 여섯 시까지는 오라고 했지?"

"아버지가 또 사고를 쳤어. 세제를 욕조에······."

"됐고. 빨리 들어가."

형은 아직 분이 안 풀렸는지 내 머리통을 손바닥으로 한 대

날리고는 가게 앞에 세워 놓은 입간판을 발로 뻥 찼다. 나무로 된 입간판이 넘어졌다.

형은 오토바이에 올라타 시동을 걸고는 요란한 굉음을 남기고 달려갔다. 휴. 안도의 한숨이 나왔다. 그나마 이 정도로 끝난 게 다행이다.

엄마는 주방에서 닭을 튀기느라 정신이 없었다. 우리나라와 외국의 축구 시합이 있는 날은 정말이지 눈코 뜰 새가 없다. 언제부터인가 '축구 시합은 닭과 함께!'라는 풍습이 생겨났다. 더구나 오늘은 한일전이다. 치킨집으로서는 대목이지만, 배달하러 이리저리 뛰어다니려면 정말 죽을 맛이다. 형이 이렇게 화를 내는 것도 이해가 간다. 한일전을 못 보는 것만으로도 억울할 텐데.

"아버지는?"

주방에서 닭을 튀기고 있던 엄마가 가게 안으로 들어서는 나를 보더니 알은척을 했다.

"주무셔."

나는 퉁명스럽게 대답했다.

"오늘은 별일 없었어?"

엄마가 집게로 기름에서 튀겨지고 있는 닭을 뒤집으며 또 물었다.

"없었어."

엄마는 내 눈치를 살피더니 더는 묻지 않았다. 엄마가 나와서 장사를 하고 내가 아버지를 보살피게 되면서부터 엄마는 내 눈치를 자주 봤다. 수고한다, 미안하다는 말은 하지 않았지만 내 눈치를 보는 엄마 표정을 보면 불평을 하려다가도 포기하고 만다. 우리 집에서 힘들지 않은 사람은 없다. 유일하게 아버지만 빼놓고는.

주방 옆 카운터에는 주문서가 수북이 쌓여 있었다. 주문서를 들여다보았다. 반듯한 형 필체였다. 형은 아무리 주문이 밀리고 바빠도 주문서의 글씨를 반듯한 정자체로 썼다. 수없이 이력서를 써 온 습관 덕분이다.

엄마는 닭튀김이 담긴 뜰채를 툭툭 쳐서 기름을 빼며 말했다.

"매일 오늘만 같으면 좋겠다. 오늘은 주문이 세 배는 더 되는 거 같아. 아무래도 새 메뉴를 개발해야겠어."

새 메뉴를 개발해야겠다고 한 게 벌써 1년 전이다. 1년 전부터 매상이 줄고 있었다. 주위에 치킨집이 하나씩 늘어날 때마다 우리 집 매상은 눈에 띄게 줄었다. 엄마는 매운맛을 좋아하는 사람들을 위한 특별 메뉴 불닭을 개발하려고 했지만 수십 마리의 닭을 망치고 나서는 결국 포기했다. 말이 쉽지, 혼자서 새 메뉴를 개발한다는 건 보통 일이 아니다. 성공하기도 힘들고, 성공한다 해도 잘 팔리리라는 보장도 없다. 더구나 주문받은 닭을 튀기느라 새 메뉴를 개발할 시간이 절대적으로 부족하다.

엄마가 방금 튀긴 닭을 상자 안에 넣었다. 상자 하나에는 프라이드만 넣었고, 다른 상자 하나에는 프라이드 반 양념 반을 넣었다. 상자 뚜껑을 닫고 주문 쪽지를 상자에 붙였다.

전화벨은 쉴 새 없이 울려 댔다. 시킨 지가 언젠데 왜 아직 안 오느냐는 독촉 전화부터 주문 취소하겠다는 협박 전화에, 뒤늦게 주문하는 전화까지.

치킨 네 봉지를 들고 가게를 나왔다. 나는 오토바이가 없기 때문에, 먼 곳은 형이 배달하고 뛰어서 다닐 수 있는 가까운 곳은 내가 배달한다. 두 개는 새로 지은 아파트였고, 두 개는 도로변 상가였다. 먼저 거리가 먼 아파트로 갔다. 미령이가 사는 아파트였다.

그 아파트가 자리 잡은 곳은 어릴 때 내가 놀던 동네였다. 그 동네에 친구가 살아서 함께 골목을 누비고 다니며 놀았다. 그때는 그 골목이 내 인생의 전부였다. 그런데 내 인생의 전부였던 그 골목이 이제는 흔적도 없이 사라지고, 그런 골목이 있었다는 사실조차 사라지고, 생뚱맞은 아파트가 괴물처럼 우뚝우뚝 서 있다. 어디가 내 친구의 집이었는지, 어디가 내가 오줌을 내갈기고 도망쳤던 대머리 할아버지 집이었는지, 어디가 내가 낙서를 한 담벼락이었는지, 이제는 찾을 수도 없고 흔적도 없다.

아파트를 들어가는 건 정보기관 들어가기만큼이나 까다롭다. 경비실을 통과하고, 공동 출입문에서 호출을 하고, 마지막으로 집 현관에서 호출을 한다. 그곳에 사는 사람들은 절대로 외부인의 침입을 허락하지 않겠다는 듯 두 겹 세 겹 방호벽을 쌓았다. 예전에는 어느 집이나 대문이 활짝 열려 있었고, 마음만 먹으면 어느 집이나 쉽게 들어갈 수 있었는데.

주문한 집에 어렵사리 도착했다. 현관문이 열리고 텔레비전에서 흘러나오는 한일전 응원 소리가 들려왔다. 내 또래 남자애가 나왔다. 치킨 봉지를 내밀었다. 남자애가 내 얼굴은 보지도 않고 쿠폰 한 장을 내밀었다.

"콜라 갖고 왔죠?"

광고 책자에 붙어 있는 쿠폰이다. 그 쿠폰이 있으면 콜라 한 병을 무료로 서비스하는데, 내가 받은 주문서에는 쿠폰이 있다는 말이 없었다. 당연히 콜라는 가져오지 않았다.

"주문할 때 쿠폰 있다고 말씀하셔야 하는데요?"

남자애는 계속 응원 소리가 나는 안쪽을 힐끔거리며 말했다.

"아까 분명히 쿠폰 있다고 말했는데요?"

주문을 받은 형이 깜빡한 모양이다. 어쩌지? 잠시 난감해하고 있는데 남자애가 말했다.

"콜라 가져와요. 가져오면 그때 돈 줄 테니까."

그러고는 치킨 봉지만 받아 들고 문을 닫아 버렸다.

안에서는 와아 하는 함성이 들렸다.

굳게 닫힌 문 앞에 잠시 서 있었다. 발이 떨어지지 않았다. 저 문을 발로 찰 용기도, 문을 열고 들어가 치킨 봉지를 다시 빼앗아 나올 용기도, 그렇다고 형에게 쌍욕을 퍼부을 용기도 없었다. 결국 돈도 못 받고 발길을 돌렸다.

다른 한 집 더 배달하고 상가 쪽으로 달려갔다. 도로변에 있는 건물이다. 남자 몇 명이 원탁에 모여 앉아 노트북으로 축구를 보고 있었다. 내가 들어가자 문 옆에 있던 사람이 일어나 돈을 주고 치킨을 받았다. 원탁에 앉아 있던 사람 하나가 노트북 모니터에서 눈도 떼지 않고 빈정댔다.

"양계장 가서 닭 잡아다 털 뽑고 튀겨 갖고 오느라고 이제 오냐?"

그 말에 축구를 보던 사람들이 함성 대신 와하하, 웃음을 터뜨렸다. 거스름돈을 주고 나올 때까지 아무도 내 얼굴을 쳐다보지 않았다.

마지막으로 배달을 갔던 당구장에서는 퇴짜를 당했다. 당구를 치고 있던 남자 두 명과 여자 한 명은 내가 들어갔을 때 짜장면을 먹고 있었다. 주문 취소한다고 전화했는데 못 받았느냐면서 오히려 나에게 그딴 식으로 할 거면 치킨집 문 닫으라고 비아냥거렸다.

배달하지도 못한 치킨 봉지를 들고 가게로 가는 길이 비참했다. 내가 얼굴도 없고 이름도 없는 인간이 된 기분이었다. 네 곳을 배달하는 동안 치킨을 받아들고 거스름돈을 받으면서 아무도 내 얼굴을 보지 않았다. 아마 그들은 죽을 때까지 치킨을 배달하는 사람의 얼굴 따위는 보려 하지 않을 것이다.

다 식어 빠진 치킨이 들어 있는 봉지를 들고 전투력 제로인 상태로 힘없이 걷고 있는데 전자 제품 마트 앞에 서 있는 형이 보였다. 오토바이를 길가에 세워 둔 채, 형은 쇼윈도 앞에 서서 대형 텔레비전으로 방송되는 한일전 축구를 보고 있었다. 해설자의 해설도, 응원단의 함성도 들리지 않는 벙어리 텔레비전이었다.

우리나라 선수들이 일본 쪽 골문을 향해 전속력으로 달리자 형은 주먹을 불끈 쥐었다.

"그래, 그렇지. 달려! 달려!"

벙어리 텔레비전 대신 형의 다급한 응원 멘트가 배경음으로 깔렸다. 일본 골문 앞까지 달려간 우리나라 선수들은 결정적인 순간 우왕좌왕했다. 결국 골문을 살짝 벗어나 보기 좋게 날아가는 공을 보고 형은 유리를 부술 것처럼 주먹으로 유리를 쳐 댔다.

내가 가 보지 못한 세계를 형은 언제나 먼저 밟았다. 내가 초등학교도 들어가기 전에 형은 고등학교 교복을 입고 다녔고, 내가 초등학생이었을 때는 대학생이었다. 내가 중학생이었을 때 형은 군대에 갔다. 고등학생, 대학생, 군대. 나로서는 도저히 다다를 수 없을 것 같은 아주 먼 세계에 형은 먼저 닿아 있었다.

내가 형을 존경한 이유는 형의 십자드라이버 때문이기도 했다. 형은 십자드라이버로 못 고치는 게 없었다. 형이 십자드

라이버를 들면 나는 괜히 신이 났다. 형은 집 안에 있는 전자
제품들을 한 번씩은 모두 분해해서 조립했다. 컴퓨터, 선풍기,
밥통, 심지어는 스탠드까지. 바닥에 한가득 부품들을 늘어놓
고 신중한 표정으로 그것들을 살펴보는 형 옆에서 나는 숨을
죽였다. 나도 그것들을 만져 보고 싶었지만, 그랬다가는 형한
테 혼났기 때문에 그냥 지켜보는 수밖에 없었다.

　바닥에 가득 늘어놓았던 부품들이 하나하나 맞춰지면서 원
래의 컴퓨터나 선풍기, 밥통이 되어 가는 모습을 지켜보는 것
은 만화영화보다 재미있었다. 눈앞에서 일어나는 마술을 보는
것 같았다. 형은 나에게 십자드라이버 하나로 엄청난 마술을
보여 주는 마술사였다.

　형은 기분이 좋을 때면 내 장난감도 고쳐 주었다. 바퀴가
빠진 자동차나 팔다리가 빠진 로봇도 형은 감쪽같이 고쳐 놓
았다.

　형의 꿈은 과학자가 되는 거였다고 한다. 하지만 고등학교
에 다니면서 형의 꿈은 인(in) 서울 대학에 들어가는 것으로
바뀌었다. 어떤 학과라도 상관없었다. 서울에 있는 대학만 들
어가면 그만이었다. 하지만 형은 서울 소재 4년제 대학에 보
기 좋게 떨어졌고, 결국 지방 대학에 들어갔다.

　형의 꿈은 시간이 흐를수록 아래로 내려갔다. 과학자에서
인 서울로, 인 서울에서 지방대로, 지방대 졸업 후 정규직으
로, 정규직에서 이제는 비정규직이라도 좋으니 어디든 들어가

월급을 받는 것으로. 그러나 1년 내내 이력서를 쓰고, 면접을 보러 다녀도 형을 오라는 회사는 없었다.

십자드라이버로 못 여는 게 없던 형이기에, 세상을 굳게 조이고 있는 나사도 쉽게 풀 것이라고 나는 믿었다. 그러나 형의 십자드라이버는 그 끝이 너무 무디어졌고, 세상을 조이고 있는 나사는 더욱 단단해져만 갔다. 그토록 대단해 보였던 형의 십자드라이버는 아무 데나 굴러다니는 평범한 드라이버가 되고 만 거다. 나에게도 형은 평범한 사람이 되었다.

우리나라 선수가 더는 골을 넣지 못하고 경기가 끝나자 형은 미련 없이 돌아섰다. 나는 재빨리 건물 뒤로 숨었다. 형은 길가에 세워 둔 오토바이에 올라 시동을 걸었다.

축구는 우리나라가 2 대 1로 이겼다. 우리나라가 이긴 덕분인지 형은 나를 갈구지 않았다. 축구 시작할 때 주문받은 치킨은 축구가 끝날 때까지 제때에 배달하지 못했다. 주문 취소를 알리는 화난 전화도 계속 걸려 왔고, 승리를 축하하려는지 축구가 끝난 뒤에도 주문이 계속 밀려들었다.

성욕보다
더 외로운 건 없어

"연애? 그게 뭐가 어렵냐? 딱 눈에 띄는 여자가 나타나면 이것저것 재거나 빼지 말고 돌직구를 던지는 거야. 기회는 언제든 오게 돼 있어. 기회가 안 오면 만들면 되는 거고. 암튼 중요한 건 당당함이야. 나 너 좋다, 사귈래? 그럼 여자들은 한두 번쯤 빼게 돼 있지. 아예 상대도 안 하면 그건 끝난 거니까 미련 갖지 말고 깨끗이 버려. 조금이라도 대꾸를 한다는 건 마음에 있다는 거야. 그럼 어떡하냐? 그냥 들이대. 한 번 안 되면 두 번, 두 번 안 되면 세 번. 우리의 훌륭하신 조상님들은 이때를 대비해서 열 번 찍어 안 넘어가는 나무 없다는 명언을 남기셨지. 그냥 넘어갈 때까지 들이대. 그럼 열의 아홉은 넘어오게 돼 있어. 일단 전화번호만 따면 그땐 디 엔드. 게임 끝."

희우는 입에 게거품을 물고 연애 특강 중이다. 하지만 연애

고수인 희우에게 아무리 '백이면 아흔아홉 성공하는 연애 비법'을 전수받아도 안 되는 건 안 되는 거다. 도대체 처음 시작을 어떻게 해야 할지 모르겠다. 희우는 연애하는 게 식은 죽 먹기보다 쉽다고 했는데, 말은 쉽지. 나는 왜 그 식은 죽 먹기보다 쉬운 게 안 되는지 모르겠다. 아무래도 연애를 잘하려면 연애 유전 인자를 타고나야 하는 모양이다.

희우가 휴대전화를 꺼냈다.

"일단 교환하자."

"뭘?"

"홍콩 여배우하고 재벌 삼세 몰카 입수했다며? 미령이 전화번호 넘겨줄게."

희우는 벌써 오래전에 야동을 졸업했지만 뒤늦게 발동이 걸린 나 때문에 요즘 새로이 야동에 재입문하고 있다. 미령이 전화번호가 기껏 홍콩 여배우 몰카 따위와 교환된다는 게 조금 미안하긴 했지만, 나한테는 절호의 기회였다.

희우 휴대전화로 내 무기를 전송하기 시작했다. 동영상이 반쯤 가고 있는데 갑자기 뒤에서 누가 내 머리통을 부서져라 내리쳤다.

돌아보니 발광수가 두 눈을 희번덕거리며 우리 둘의 뒷덜미를 동시에 잡았다.

"둘 다 동작 그만!"

희우와 나는 그대로 멈췄지만, 우리의 휴대전화는 눈치도 없이 충실하게 야동을 나르고 있었다. 발광수가 우리한테서 휴대전화를 빼앗았다. 수업 시작을 알리는 종이 울리고, 복도에서 날뛰던 아이들은 교실 안으로 순식간에 튀어 들어갔다.

발광수의 눈이 내 휴대전화에서 희우 휴대전화로 천천히 옮겨 갔다. 그 눈에 홍콩 재벌 3세와 여배우의 동영상이 옮겨 가는 게 보이는 듯했다. 머릿속이 하얘지면서 앞으로 벌어질 일들이 짐작도 되지 않았다.

발광수는 어느 학교에나 출석부처럼 한 명씩 꽂혀 있는 악명 높은 학생부 부장이다. 본명은 손광수인데, 한번 흥분하면 발광한다고 해서 붙은 별명이 발광수다. 왜 학생부 선생들은 그토록 잔혹하고 무식하고 폭력적이어야 하는지 불가사의하다. 아무리 시대가 첨단으로 치달아도 학생부는 영원히 그 자리에 머물러야 한다는 학칙이라도 있는 모양이다.

우리는 발광수에게 귀를 잡힌 채 교실로 끌려 들어간 뒤로 수업 시간 내내 칠판 밑에서 무릎을 꿇고 있어야 했다. 다행인지 불행인지 발광수는 우리에게 수학책은 가져다주었다.

수업이 끝날 때쯤 발광수가 책을 덮더니 엉뚱한 말을 했다.

"에, 요즘 아주 극악무도한 성범죄 사건이 계속 일어나고 있는데, 이게 다 청소년기에 포르노를 즐겨 봤기 때문에 일어나는 현상이다. 청소년기는 성적인 충동을 자제하기 힘들 뿐 아니라 모방하기도 쉬운 시절이니, 쓸데없는 일에 정력 낭비하지 말고 공부에 힘쓰도록."

이것이 발광수표 성교육이다. 발광수는 가끔 뜬금없이 우리에게 성교육을 했다. 청소년기의 성 경험 수치, 미혼모 수치를 들먹이며 남자애들은 욕구를 참을 수 있는 인내심을 길러야 하고, 여자애들은 순결을 지킬 의무가 있다고, 절대로 청소년 기에는 성을 경험해서는 안 된다고 핏대를 세운다.

우리는 그저 한 귀로 듣고 한 귀로 흘려보낸다. 이건 성교육이 아니라 성에 대한 강압이고 명령이다.

초등학교, 중학교, 고등학교를 거치는 동안 수없이 많은 성교육을 받았다. 초등학교 때는 제2차 성징, 남녀의 생식기, 아기가 생기는 과정, 치한에게서 자신을 보호하는 법 등을 배웠다. 중학교 때는 참다운 성이나 책임지는 성에 대하여 배웠고 고등학교에 올라와서는 각종 피임법을 배웠다. 지금까지 가장 기억에 남는 성교육을 해 준 사람은 보건 선생님도 성교육 강사도 아닌, 고등학교 1학년 때 국어 선생님이었다.

30대 초반의 국어 선생님은 무척 활달하면서도 이상한 에너지가 넘치는 분이었다. 얼굴도 별로 예쁘지 않고 키도 작았지만, 목소리만큼은 교실이 쩡쩡 울릴 정도로 우렁찼다. 무엇보다 욕을 아주 잘했다.

어느 날, 수업이 시작됐는데도 아이들은 수업에 집중하지 못했다. 선생님이 몇 번이나 "주목!" 하고 외쳤지만 금세 다시 소란스러워졌다. 그런 날이 있다. 공부는 죽어라 하기 싫고, 선생님의 첫날밤이나 첫사랑 얘기 같은 것을 듣고 싶은 날.

한 아이가 손을 번쩍 들더니 말했다.

"선생님, 첫날밤 얘기 해주세요."

여기저기서 합창처럼 "첫날밤", "첫날밤" 하는 소리가 들려왔다.

선생님이 갑자기 책을 덮으며 소리쳤다.

"에이, 밤마다 딸딸이나 치는 새끼들."

순간 나는 내 귀를 의심했다. 다른 아이들도 마찬가지였다. 교실 분위기가 갑자기 싸늘해졌다. 선생님이 말했다.

"다들 책 덮어."

아이들은 일사불란하게 책을 덮었다.

"너희가 섹스를 알아?"

알아도 그걸 어떻게 대답해? 다들 꿀 먹은 벙어리처럼 멀뚱멀뚱 선생님을 쳐다만 보고 있었다. 선생님의 본격적인 성교육이 시작되었다. 전희, 애무, 절정 등 19금 단어들이 거침없이 튀어나왔다. 그만하면 다행이다. 선생님은 자신의 경험에 이 단어들을 섞어서 아주 생생하게 섹스의 순서를 설명하는 거였다.

"전희는 음식으로 치면 애피타이저 같은 거지. 애피타이저가 입맛을 돋워야 본음식이 맛있는 거야. 애무는 상대방에 대한 애정의 표시지. 이만큼 너를 사랑하고 아낀다, 뭐 그런 표시라고나 할까? 상대는 애무를 온몸으로 받으며 자신이 사랑받고 있다는 것을 느끼거든."

여기저기서 꼴깍꼴깍 침 삼키는 소리가 들려왔다.

선생님은 계속 사디즘, 마조히즘, 애널, 오럴 같은 섹스의 종류부터 남녀의 신체적인 차이, 피임법 등을 정말 감칠맛 나게 설명해 주었다.

그리고 이제 대망의 결론이었다.

"순결을 지키는 것도 좋지만 굳이 목숨 걸고 지킬 필요까지는 없어. 섹스는 성인 남녀 사이의 사랑을 확인하고 추구하는 가장 아름다운 방법이거든. 섹스는 사랑하는 사람과 몸으로 하는 대화야. 즉 사랑하는 마음을 몸으로 표현하는 거지. 사랑한다면 서로를 깨지기 쉬운 유리처럼 아끼고 존중해 줘야 해. 서로의 몸을 존중해 주다 보면, 서로의 관계에서도 배려해 주고 존중하는 마음이 절로 생기거든. 부디 아름다운 사랑을 하기 바란다."

선생님의 마지막 말이 '부디 아름다운 섹스를 하기 바란다'로 들린 건 나뿐이었을까?

아무튼 감동받아서 눈물까지 나올 지경이었다. 누가 손뼉을 치기 시작했고, 그것을 신호로 우리는 모두 기립 박수를 보냈다. 그날 이후로 선생님이 다시 보였다. 별로 관심도 없던 선생님이 진짜 어른으로 보였던 거다. 그렇게 진지하게, 그렇게 사실적으로, 그렇게 실질적으로 우리에게 성교육을 한 사람은 아무도 없었다.

다른 애들도 마찬가지였다. 그다음 국어 시간부터 한 명도 떠들지 않았고, 마치 태권도장 사범을 대하듯 허리를 꼿꼿이 편 채 정자세로 경건하게 선생님을 맞이했다.

이미 그런 훌륭한 성교육을 받았는데 순결 어쩌고저쩌고 하는 전근대적인 성교육을 하는 발광수를 보니 한심하다는 생각까지 들었다.

수업이 끝나고 교실을 나가기 전 발광수가 우리에게 와서 물었다.

"이 휴대전화 비밀번호 대."

희우가 불만 가득한 표정으로 말했다.

"왜요?"

발광수가 책으로 희우 머리통을 한 대 내려치며 말했다.

"대라면 대, 이 새끼야. 너 학생부에 끌려가고 싶어?"

그래도 희우는 꼿꼿이 버텼다.

"에이, 그건 사생활 침해잖아요."

그러자 발광수가 나한테 명령했다.

"비밀번호 대."

나는 아주 당당하게 말했다.

"비밀번호 안 걸었는데요?"

발광수는 더는 아무 요구도 하지 않고, 일주일 뒤에 학생부로 휴대전화를 찾으러 오란 말을 남기고 나갔다.

"어휴, 저걸 그냥 확. 몰카 보고 싶어서 별짓을 다 하네."

희우는 발광수가 사라진 복도 저쪽을 향해 가운뎃손가락을 치켜들었다.

"난 괜찮은데 넌 어쩌냐?"

하루라도 여친과 문자질을 하지 않으면 입안에 가시가 돋는 희우가 걱정이었다. 그러나 희우는 생각보다 쿨했다.

"괜찮아, 괜찮아. 이럴 때 밀당하면 돼."

일주일 내내, 같은 꿈만 꿨다.

설핏 잠들면 분홍색 교복의 그녀가 또 나타났다. 금방이라도 터질 것 같은 교복 단추. 나는 또다시 하나씩 단추를 풀기 시작한다. 아무리 열심히 풀어도 교복 단추는 계속 위부터 잠긴다. 단추를 풀다 지쳐서 잠에서 깼다. 어김없이 팬티 속에서는 내 존재가 텐트를 치고 있었다.

— 너, 좀 꺼져 줄래?

이불을 들치고 내 존재에게 명령했다. 녀석은 꼼짝도 하지 않았다. 아니, 오히려 머리를 더 빳빳이 쳐들고 있다.

— 당당하군. 좋아, 그 자세. 하지만 지금은 좀 꺼져 다오. 이 형이 몹시 괴롭단 말이다.

이번에는 좋은 말로 부탁했다. 그래도 녀석은 반항적으로 더 머리를 빳빳이 쳐든다. 너만 괴롭냐? 나는 외롭다, 라는 듯.

열린 창문으로는 차가운 밤공기가 아니라 뜨겁게 달궈진 더운 공기가 훅훅, 들어왔다. 초가을 밤인데도 나에게는 한여름만큼이나 덥다.

침대에서 벌떡 일어나 좁은 방 안을 왔다 갔다 했다. 몸 중심에서 직각으로 서 있는 내 존재가 민망해서 안 보려고 했지만, 내 눈은 자꾸만 몸 중심축으로 쏠렸다. 마치 내 몸의 중심에서 그렇게 뻣뻣하게 서 있지 않으면 내 몸이 모래처럼 무너져 내리기라도 할 것처럼, 마치 거대한 우주의 중심을 잡고 있기라도 하듯 꼿꼿하게 직각으로 뻗어 무게 중심을 잡고 있다.

— 아, 그래. 안다. 아니까 제발 좀 꺼져라. 밤새 이러고 있을래?

내 몸의 모든 세포가 내 존재 하나만 빼고 더위 속에 녹아 흐물흐물해지는 것 같다. 〈터미네이터〉 마지막 장면처럼, 온몸이 녹아내려도 그것 하나만은 녹아내린 몸 위에 불뚝 서서 이렇게 외칠 것만 같다. "I will be back!"

창문 밖을 내다보며 크게 심호흡을 했다. 새로 입주가 시작된 건너편 아파트에 드문드문 불이 켜져 있었다. 저 가운데 하나는 분명히 미령이 방일 텐데. 미령이도 나처럼 달떠서 잠 못 이루고 있는 건 아닐까? 아, 이건 또 무슨 어이없는 망상.

'더 빨강' 정모에 참석해서 미령이를 만났던 게 마치 백만 년 전의 일처럼 멀게만 느껴졌다. 그날 그렇게 헤어진 뒤로 미령이하고는 진도가 더 나가지 않았다. 희우에게 전화번호를 넘겨받긴 했지만 선뜻 전화를 걸 용기가 나지 않았다.

한 번도 여친을 사귀어 보지 않았기 때문에, 처음 시작을 어떻게 해야 하는지 모르겠다. 우리 반 여자애들하고는 말도 잘하고 장난도 잘 쳤지만, 그건 어디까지나 그 여자애들이 여자로 보이지 않기 때문에 가능한 일이었다. 미령이는 도저히 다른 여자애들처럼 대할 수가 없다.

도무지 잠이 안 와서 밖으로 나왔다. 불이 꺼진 집 안에는 정적이 감돌았다.

이럴 때는 무작정 달리는 게 최고다.

우리 동네에는 뛸 만한 곳이 없었다. 새로 생긴 아파트 단지에는 달리기를 할 수 있는 산책로도 있고, 넓은 농구장도 있다. 치킨을 배달한 덕분에 이 아파트 구조는 내 손바닥이다.

아파트 동과 동 사이를 달리고, 하얀 차돌이 촘촘히 박혀 있는 지압 길을 달리고, 장미 넝쿨이 우거진 터널을 달리고, 정자를 돌고, 놀이터를 돌고, 관리 사무소 앞을 돌고, 다시 아파트 동과 동 사이를 달려, 또다시 지압 길을 달려, 장미 터널을 달려, 정자를 돌았다.

"거기, 누구요?"

정자 앞에서 잠시 가쁜 숨을 몰아쉬고 있는데 강한 플래시 불빛이 다가왔다. 아파트 경비 아저씨였다.

경비 아저씨가 가까이 다가와 내 얼굴을 확인했다. 나는 결코 치한도 아니고 강도나 도둑도 아니라는 걸 확인시키고 싶어 선량한 표정을 지어 보였다. 경비 아저씨는 그래도 뭔가 미심쩍다는 듯 고개를 갸웃거리며 옆으로 비켜섰다.

아파트를 열 바퀴쯤 돌고 나니 기진맥진해졌다. 숨이 턱에

차고 토할 것처럼 속이 울렁거렸다.

주머니에서 휴대전화를 꺼냈다. 새벽 2시 47분의 푸른색 화면이 불현듯 잠에서 깨어났다. 주소록에서 희우 전화번호를 찾아 문자를 전송했다.

— 뭐 하나?

희우에게서는 답장이 오지 않았다. 이 시간에 답장이 올 리가 없지. 전화번호 목록을 뒤졌다. 미령이 전화번호가 있었지만, 이런 시간에 문자를 보낼 만큼 내가 뻔뻔스러운 인간은 아니다.

오렌지색 가로등 불빛이 비치는 놀이터에 서서 푸른빛을 내뿜는 휴대전화를 바라보며, 불현듯 수취인 불명의 문자를 전송하고 싶어졌다.

— 성욕보다 더 외로운 건 없다.

어디에선가 나처럼 잠 못 이루고 골목을 달리고 있을 누군가가 답장을 보내올 것만 같았다.

— 그러하다.

더 빨강

카페 '더 빨강' [알립니다] 게시판에 새 글이 올라왔다. 제목은 '이번 주 탐방할 매운 집'으로 미령이가 올린 글이었다. 설레는 마음으로 제목을 클릭했다.

만날 날짜와 시간 : 이번 주 토요일 오후 2시

만날 장소 : 영등포역

도전 음식 : 신길동 매운 짬뽕

매운 짬뽕이라니, 도대체 오미령은 매운 것에 무슨 원한이 맺혀서 이렇게 기를 쓰고 매운맛집을 찾아다니는지 모르겠다. 그래도 미령이를 만날 수 있다는데. 맵건 짜건 쓰건 무조건 참석이다.

나는 일단 '참석 가능'이라고 댓글을 달았다.

2시까지 영등포역으로 가려면 집에서 1시에는 출발해야 한다. 아버지가 걱정이었다. 점심때까지는 엄마가 아버지를 보면 된다. 하지만 엄마가 가게에 나가면 내가 아버지 저녁밥을 챙겨 줘야 하고 6시까지는 엄마 가게로 가서 배달 일을 도와야 한다. 형은 오늘 약속이 있으니까 무슨 일이 있어도 나더러 6시까지는 와야 한다고 몇 번이나 강조했다. 지난번처럼 늦었다가는 뼈도 못 추릴 줄 알라며 협박까지 하면서.

아버지한테는 단단히 주의를 시켰다. 밤에 배달하고 늦게 올 거니까 식탁에 차려 놓은 저녁밥 먹고 얌전히 놀고 있으라고. 나는 아버지의 커다란 양어깨를 잡고 제법 근엄한 투로 말했다.

"아버지는 어린애가 아냐. 알아? 혼자서도 잘 놀고 있어야 해. 밤 아홉 시 되면 치카치카하고 자는 거 알지?"

"나도 작은형아 따라갈 거야."

"안 돼."

"싫어, 싫어. 나 혼자 심심하단 말야."

아버지는 한번 고집을 피우면 달래기 힘들다. 라면을 끓여 준다고 해도, 풍선을 불어 준다고 해도 소용없었다.

"타이태닉호 줄게."

"정말?"

아버지 얼굴이 환해졌다. 아버지는 호시탐탐 형이 만든 타이태닉을 노리고 있었다. 형 몰래 갖고 놀게 했다가 형이 보기 전에 살짝 갖다 놓을 생각이었다. 지금 아버지를 달랠 방법은 그것밖에 없었다.

나는 형 방으로 들어가 장식장 위에 올려 둔 타이태닉을 내렸다. 수백 개의 부품으로 만들어진, 진짜 타이태닉호를 그대로 축소해 놓은 조립식 장난감이었다. 먼지가 수북이 쌓인 것으로 봐서 형은 이미 오래전에 타이태닉에 관심을 끊은 것 같았다. 없어져도 눈치채지 못할 거다.

아버지는 타이태닉을 보자 입이 헤 벌어졌다.

"아버지, 이거 큰형이 보면 안 돼. 망가뜨려도 절대 안 돼. 얌전히 가지고 놀다가 큰형 오기 전에 그 자리에 올려놔야 해. 알았지?"

아버지는 타이태닉에 정신이 팔려 고개만 끄덕였다.

아버지는 정신 연령은 일곱 살이지만, 그렇다고 눈치가 아예 없는 건 아니다. 큰형이 아버지를 싫어하는 것도, 큰형 물건을 갖고 놀면 혼난다는 것도 알고 있다.

마음 한편이 찝찝했지만 아버지를 달랠 방법이 없었기 때문에 다시 한 번 단단히 주의를 시키고 집을 나왔다.

토요일 오후, 영등포역 부근 거리는 무표정한 사람들로 가득했다. 잘 차려입었지만 어딘지 모르게 촌티가 나는 중년 남녀들이 대낮에도 거리낌 없이 팔짱을 끼고 걸었다.

미령이는 약속 시각에서 5분쯤 지난 뒤 사람들 틈에서 불쑥 나타났다.

"일찍 왔네?"

미령이를 보자 호흡 곤란이 올 정도로 숨이 턱 막혔다. 떨리는 마음을 들키지 않으려고 아무렇지도 않은 척 웃었지만, 그게 오히려 부자연스러워서 얼굴이 일그러지는 게 느껴졌다.

곧이어 마파두부와 고추조아가 함께 나타났다. 마파두부는 여전히 멀대같이 키가 컸고, 얼굴의 여드름이 전보다 스물다섯 개 정도는 더 늘어난 것 같았다. 고추조아는 여전히 땅딸막했고, 대낮에 밖에서 보니 얼굴이 유령처럼 허여멀겠다. 칠리인조이는 오지 않았다. 칠리인조이 안 오느냐고 묻자 미령이와 나머지 두 사람이 동시에 얼굴을 찡그렸다.

고추조아가 화난 얼굴로 말했다.

"앞으로 그년 얘기는 꺼내지도 마. 재수 없으니까."

칠리인조이와 무슨 안 좋은 일이라도 있었던 모양이다.

네 사람이 다 모이자 우리는 목적지로 이동했다.

미령이는 신길동의 한 시장 골목에 있는 식당 앞에서 발걸음을 멈췄다. 식당 이름은 없고 텔레비전에 많이 소개됐다는 현수막만 자랑스럽게 붙어 있었다. 식당 앞에는 열 사람쯤이 줄을 서 있었다.

미령이가 식당을 가리키며 말했다.

"오늘은 이 집 짬뽕을 먹을 거야. 오늘은 꼭 완뽕에 도전하고 말겠어.”

완뽕? 그게 뭐지? 내 표정을 읽었는지 고추조아가 친절하게 설명해 주었다.

“국물 한 방울까지 다 먹는 걸 완뽕이라고 해. 어때, 너도 도전해 볼래?”

짬뽕 국물을 다 먹는 게 무슨 대수라고 도전씩이나.

“그러지 뭐.”

대수롭지 않게 대답했다.

마파두부가 의미심장한 미소를 지으며 말했다.

“지금 그 말 곧 후회할 텐데?”

우리 차례가 되어 식당 안으로 들어갔다. 식당의 한쪽 벽면 전체가 이곳에서 짬뽕을 먹은 사람들이 붙여 놓은 메모지며 기차표, 차표 등으로 채워져 있었다. 머리에 두건을 쓰고 유쾌하게 생긴 주인아저씨가 주문을 받으러 와서 물었다.

“우유나 쿨피스는 사 왔니?”

미령이가 그럴 줄 알았다는 듯 가방에서 쿨피스 네 개를 꺼내 탁자 위에 올려놓았다. 주인아저씨가 엄지손가락을 들어 보이며 주방으로 들어갔다.

아이들은 전투를 기다리는 병사처럼 잔뜩 굳어 있었다. 매워 봤자 얼마나 맵겠다고, 아무리 매워도 짬뽕일 뿐인데. 나는 여전히 별로 대수롭지 않게 생각하며 짬뽕을 기다렸다.

드디어 짬뽕 네 그릇이 나왔다. 홍합과 면발이 붉은 국물

속에 잠겨 있는, 보기에는 그냥 평범한 짬뽕이었다.

미령이가 외쳤다.

"먹자!"

그 말을 신호로 아이들이 짬뽕 그릇에 코를 박고 짬뽕을 먹기 시작했다.

처음 면발을 먹을 때는 그냥 보통 짬뽕 맛이었다. 별로 맵지 않았다. 국물을 숟가락으로 떠서 먹을 때도 혀끝이 약간 매콤하다고 느꼈을 뿐, 지독하게 매운맛은 느껴지지 않았다.

건더기를 어느 정도 먹은 다음 그릇을 들고 국물을 마시는데, 서서히 거대한 불덩어리에 휩싸인 듯한 기분이 들기 시작했다. 그리고 잠시 후, 매운 정도가 아니라 불덩어리를 삼킨 것처럼 뜨거워졌다. 불덩어리는 좁은 식도를 타고 가슴속으로 콸콸 쏟아져 들어갔다. 내 몸속에 있던 불과 식도를 거쳐 들어온 불이 만나 거대한 불덩어리가 됐다. 뜨거운 기운이 모든 혈관을 타고 온몸으로 빠르게 퍼졌다. 몸이 발화되어 활활 타들어 가는 것만 같았다.

짬뽕 국물은 혀의 감각을 마비시키다 못해 온몸의 감각까지 마비시켜 버릴 만큼 위력이 대단했다. 고통은 빠르게 뇌로 전해지고, 뇌는 고통을 잊을 방법을 찾기 시작했다. 고통은 다른 고통으로 덮는 거야. 뇌가 명령을 내렸다. 네가 아는 가장 큰 고통은 뭐니? 그걸 기억해 봐.

애벌레.

그 한 단어가 불처럼 활활 타오르는 고통을 뚫고 튀어나왔다. 그런데 왜 하필 이 고통스러운 순간에 애벌레가 떠올랐는지 모르겠다.

어느 날 형이 작은 플라스틱 통을 가져왔다. 형이 고등학생 때였으니까 내가 초등학교에 갓 입학한 무렵이었다. 플라스틱 통에는 톱밥이 반쯤 들어 있고 톱밥 사이로 굵은 애벌레가 몸을 잔뜩 웅크리고 있었다. 징그러워 보였지만, 신기하기도 했다. 장수하늘소의 애벌레였다.

형은 플라스틱 통을 책상 위에 올려놓고 통과 같은 눈높이에서 가만히 들여다보았다.

"이제 몇 달만 지나면 저기서 까만 장수하늘소가 나와."

말랑말랑해 보이는 애벌레가 어떻게 까맣고 딱딱한 몸통을 가진 장수하늘소가 되는지 신기하기만 했다.

"형, 정말 저 애벌레가 장수하늘소가 돼?"

"응."

형은 매일 애벌레를 들여다봤다. 내가 보기에는 애벌레가 죽은 것처럼 꼼짝도 안 하고 늘 그대로인 것 같은데, 형은 들뜬 얼굴로 말했다.

"봐, 어제보다 조금 더 홀쭉해졌지? 이제 저기서 다리가 나오고 날개가 나오고 머리도 나와."

허연 등을 드러내고 톱밥 속에 파묻혀 있는 애벌레는 죽은 건지 살아 있는 건지 알 수가 없었다. 머리와 몸, 다리가 모두 하나인데 그 안에서 머리도 나오고 다리도 나오고 몸통도 나온다는 게 믿어지지 않았다.

나는 형이 학교에 간 틈을 타서 형 방으로 몰래 들어가 애벌레를 구경했다. 매일매일. 그러자 죽은 것처럼 꼼짝도 하지 않는 애벌레가 살아서 숨 쉬고 있다는 게 느껴졌다. 숨 쉬는 것뿐 아니라 조금씩 날개가 만들어지고 머리도 다리도 만들어지는 게 보이는 것 같았다. 나는 애벌레에게 '투투'라는 이름까지 지어 주고 날마다 속삭였다.

'투투야, 톱밥 많이 먹고 물도 많이 먹고 빨리 어른 돼서 나와야 해.'

그러던 어느 날. 그날도 열심히 투투를 들여다보고 있는데 갑자기 형이 들어왔다. 나는 놀라서 심장이 오그라드는 것 같았다. 허락도 없이 자기 방에 들어와서 더구나 자기 애벌레를 보고 있다고 나를 때릴지도 모른다고 생각했다. 그런데 형은 뜻밖의 반응을 보였다.

"너 이거 갖고 싶냐?"

나는 겁에 질려 있으면서도 간절하게 고개를 끄덕였다.

"그럼 너 가져."

"정말?"

"응."

형 마음이 바뀔까 봐 재빨리 플라스틱 통을 가슴에 안았다.

뒤도 안 돌아보고 방에서 나오려는데 형이 혼잣말처럼 중얼거렸다.

"나한텐 소중한 거야……. 잘 키워."

나는 그런 형이 고마워서 애벌레를 잘 키워 장수하늘소가 되면 보여 줘야겠다고 굳게 결심했다. 나는 투투를 보는 게 낙이었다. 젤리도 사다 넣어 주고, 사흘에 한 번씩 분무기로 물도 뿌려 주었다.

내 정성 덕분인지 투투는 느리지만 잘 자랐다. 어떤 날은 자기가 살아 있다는 것을 증명하듯 미세하게 꿈틀거렸고, 어떤 날은 톱밥 안쪽으로 사라져 내 가슴을 철렁 내려앉게도 했다.

그날도 나는 밥 먹는 것마저 잊은 채 투투를 들여다보고 있었다. 아버지와 엄마, 형과 함께 저녁을 먹는 자리였다. 엄마가 밥 먹으라고 몇 번 경고를 주었다. 나는 밥 한 숟갈 떠먹고는 반찬 대신 투투를 들여다봤다. 이제 막 날개가 나올 것 같아 한순간도 눈을 뗄 수가 없었다.

갑자기 아버지가 버럭 소리를 질렀다.

"사내자식이 벌레나 들여다보고. 잘하는 짓이다. 당장 갖다 버려!"

그때 내가 애벌레를 치웠으면 아무 일도 일어나지 않았을 거다. 하지만 나는 등 뒤로 투투를 감추고 숟가락을 집어 들었다. 바로 그때 아버지가 밥상을 뒤집어엎었다. 우리는 깜짝 놀라 숟가락을 든 채 멍하니 앉아 있었다.

아버지는 커다란 손으로 내 뺨을 사정없이 때리기 시작했다. 이쪽에서 저쪽으로, 저쪽에서 이쪽으로.

정신이 하나도 없었다. 뺨이 돌아갈 때마다 겁에 질린 엄마와 경멸에 가득 찬 표정으로 아버지를 바라보고 있는 형의 얼굴이 보였다.

엄마는 아버지를 말리지 못했다. 형도 마찬가지였다. 우리 집에서 그 누구도 아버지를 말릴 사람은 없었다. 나는 아무에게도 보호받지 못한 채, 속수무책으로 뺨을 맞았다.

나를 때리고 나서 아버지는 투투가 들어 있는 플라스틱 통을 들고 밖으로 나갔다. 나는 감히 따라 나가지 못했다. 아버지는 플라스틱 통을 마당에 내동댕이쳤다. 플라스틱 통 뚜껑이 열리고 톱밥과 함께 투투가 튀어나왔다. 투투는 죽은 것처럼 꼼짝도 하지 않았다. 그 순간 투투의 전체 모습을 본 것에 잠시나마 두려움을 잊었다. 투투는 정말 멋진 애벌레였다.

아버지가 투투를 짓밟기 시작했다. 투투는 아버지 발밑에서 처참하게 짓이겨졌다. 제대로 꿈틀거려 보지도 못하고, 비명도 질러 보지 못한 채 누런 액체가 되고 말았다. 그런데도 아버지는 계속 밟아 댔다. 조금 전까지 비상을 꿈꾸던 투투는 흔적도 없이 사라졌다.

나는 내 몸이 짓밟히는 것처럼 아팠다. 아버지한테 맞은 뺨은 마음이 아픈 것에 견주면 아무것도 아니었다. 지켜 주지 못해 투투한테 죽을 만큼 미안했고, 그 죄의식은 꽤 오래갔다.

이제는 잊었다고 생각했는데, 왜 하필이면 이렇게 고통스러운 순간에 투투가 생각난 걸까?

"완뽕! 완뽕!"

응원 구호처럼 완뽕을 외치는 소리가 들려왔다. 고개를 들어 보니 고추조아와 마파두부가 미령이와 나에게 응원을 보내고 있었다. 고추조아의 그릇은 깨끗이 비었고, 마파두부의 그릇에는 국물이 반쯤 남아 있었다.

국물을 마시면 마실수록 감각이 마비되는 게 아니라 오히려 민감하게 되살아나 죽을 것처럼 고통스러웠다. 완뽕을 해서 뭐하자는 건지, 왜 완뽕에 이토록 집착하는 건지 이해할 수 없었다. 결국 국물을 반도 못 마시고 기권하고 말았다.

놀랍게도 미령이는 당차게 결의한 대로 국물 한 방울 남기지 않고 다 마셨다.

나는 온몸이 땀으로 흠뻑 젖었다. 혓바닥이 수천 개의 바늘로 찌르는 것처럼 아팠다. 미령이가 내민 쿨피스 한 통을 단숨에 들이켰다. 안개가 걷히듯 혀에 박힌 바늘이 조금씩 뽑히는 기분이었다.

우리는 짬뽕집을 나왔다. 3시 5분 전. 6시까지 가려면 5시에는 출발해야 한다. 앞으로 두 시간쯤 시간이 있다. 미령이가 이곳에서 선유도 공원이 가까우니 거기까지 걸어가서 강바람이나 쐬자고 했다. 모두 그 의견에 찬성했다.

우리는 선유도 공원을 향해 걸어갔다. 계절은 여름옷을 벗고 가을옷으로 갈아입는 중이었다. 가로수 잎들은 초록색과 갈색이 섞여 있었고, 길가의 풀들도 탈색된 것처럼 본래 색을 잃고 말라 가고 있었다. 바람이 불 때마다 마른 나뭇잎이 후두두 떨어졌다. 마른 나뭇잎을 밟을 때마다 바스락바스락 소리가 났다. 가다 보니 자연스럽게 마파두부와 고추조아가 앞서서 걸어갔고, 나하고 미령이는 뒤처져서 나란히 걸었다. 공원 어귀에서 미령이는 편의점에 들어가 먹을거리를 사 가지고 나왔다. 내가 얼른 비닐봉지를 받아 들었다.

옆에서 걷고 있던 미령이가 물었다.

"너 인터넷에 청산가리라고 치면 뭐가 나오는지 아니?"

갑자기 매운 느낌이 싹 사라졌다. 청산가리라고 치면 뭐가 나오지? 독극물? 먹지 마시오? 위험?

미령이가 픽 웃으며 말했다.

"생명은 소중합니다, 라는 말이 나와. 웃기지 않니?"

미안하지만, 웃기지 않다. 청산가리는 독극물이다. 자살하려는 사람들이 청산가리를 구할 방법을 찾기 위해 인터넷을 검색한 것일 테고, 자살을 예방하기 위해서 그런 문구를 넣은 것일지도 모른다. 부산 태종대에 있는 자살바위에서는 사람들이 자살을 많이 해서 '잠깐, 한 번만 더 생각해 보세요.'라는 문구가 난간에 붙어 있다던데.

나는 진지하게 물었다.

"왜 그랬어?"

"뭘?"

"왜 인터넷에 청산가리를 쳐 봤냐고."

미령이가 대수롭지 않다는 듯 피식 웃었다.

"그냥. 재미로."

아직도 미령이는 나를 가깝게 생각하지 않는다는 게 느껴졌다. 당연하다고 생각했다. 아직 우리는 아무 사이도 아니니까. 기다리자. 우리 앞에는 모래알만큼 많은 시간이 남아 있으니. 그렇게 생각하니 서운했던 마음이 조금은 풀어졌다.

나무들이 울창한 산책길 옆에는 오래전 상수도 시설로 사용된 콘크리트 수로가 거무튀튀한 때가 낀 채 허공을 가르고 있었다. 수로에는 물 대신 여러 가지 꽃과 풀이 싱싱하게 자라나고 있었다.

미령이에게 사귀자고 말해 볼까?

수십 번도 더 그런 생각을 했지만 도저히 자신이 없었다. 만약 미령이가 노, 한다면? 내 형편에 미령이 같은 애하고 사귄다는 게 말이나 돼? 사귈 수 없다면 차라리 그냥 이렇게 카페에서나마 만나는 편이 훨씬 낫지 않을까? 그런 생각들로 머릿속이 말벌집처럼 시끄러웠다.

말없이 걷던 미령이가 고개를 돌렸다.

"너 지난번에 내가 물어본 거 생각해 봤어?"

"뭐?"

"네가 아는 가장 먼 미래가 언제인지."

내가 아는 가장 먼 미래? 나도 모르겠다. 우리 집은 이제 머지않아 재건축으로 헐릴 거다. 아마 올해 말이나 내년 초쯤? 아버지는 영원히 일곱 살일 거고 나는 언제까지 그런 아버지를 책임져야 할지 모르겠다. 형이 과연 정규직으로 취직될지, 엄마는 언제까지 닭을 튀길지, 아무것도 알 수가 없다. 내가 내 미래에 대해 알고 있는 건, 내 미래에 대해 아무것도 모른다는 사실뿐이다.

대답 대신 미령이에게 물었다.

"그러는 넌?"

미령이가 잠시 생각하더니 빙긋 웃으며 말했다.

"아마도 시월의 마지막 날?"

"왜?"

"그냥."

여자들은 이상한 감성의 소유자들이다. 아무것도 아닌 날에도 특별한 의미를 부여한다. 마치 그날이 대단한 날이라도 되는 것처럼. 그래 봤자 10월의 마지막 날이나, 11월의 첫째 날이나 별다를 것도 없는데.

이번에는 내가 말했다.

"내 가장 먼 미래는 아마도 스물여덟 살?"

"왜?"

"앞으로 십 년 뒤에는 뭔가가 돼 있을 테니까."

그때쯤 내가 어떻게 돼 있을지는 나도 모르겠다. 한때는 형처럼 되고 싶었던 적이 있었다. 형처럼 근사한 교복을 입고, 멋진 군복을 입고, 낭만을 누리는 대학생이 되고 싶었다. 형이 십자드라이버 하나로 세상을 다 고치듯, 나도 나만의 무기로 세상을 열고 싶었다.

하지만 이제 나에게 그런 형은 없다. 나는 적어도 형처럼은 살지 않을 작정이다. 아니, 형과 반대로 살 생각이다. 날개와 다리가 짓이겨졌으면 가짜 날개, 가짜 다리로 살면 되고, 십자드라이버로 세상을 열 수 없으면 세상이 나를 열게 하면 된다.

공원은 데이트하는 젊은 남녀들과 유모차를 끌고 나온 가족들, 떼 지어 몰려다니는 학생들로 붐볐다. 앞서 걷고 있던 고추조아, 마파두부와 가까워졌다.

앞에서 교복을 입은 서너 명의 남자애들이 걸어왔다. 하나같이 머리를 스포츠머리로 짧게 잘라 깍두기 형님 같은 분위기를 풍기는 아이들이었다.

그 애들이 우리 옆을 지나갈 때 고추조아가 키득거리며 마파두부 귀에 대고 뭐라고 속삭였다. 그러자 그 애들 중 한 명이 험상궂은 얼굴로 고추조아와 마파두부 앞으로 걸어가 시비를 걸었다.

"뭐야, 이 씹새야."

마파두부가 그 애를 한 대 칠 듯이 노려보았다.

"뭘?"

분위기가 험악해졌다. 나는 얼른 그 사이에 끼어들었다. 이 럴 때는 강경하면서도 정중하게 대할 필요가 있다.

"그만 가던 길 가시죠."

마파두부를 노려보던 깍두기가 나를 힐끔 보더니 자기 일 행 쪽으로 걸어갔다.

그 애들이 건들거리며 공원 안쪽으로 사라지자 고추조아가 하얗게 질린 얼굴로 말했다.

"어휴, 나 심장 쪼그라들어 죽는 줄 알았네. 쟤들 왜 저래?"

마파두부는 한판 붙지 못해 아쉽다는 듯한 투로 깍두기들 이 사라진 쪽을 노려보았다.

조용히 있던 미령이가 말했다.

"자, 자, 우리 어디 가서 음료수나 마시자."

우리는 공원 구석진 곳에 자리를 잡고 빙 둘러앉아 미령이 가 사 온 과자와 음료수를 먹고 마셨다.

고추조아가 콜라를 마시고 나서 트림을 크윽 하더니 주위 를 둘러보며 꿈꾸는 듯한 표정으로 말했다.

"아, 좋다!"

확실히 토요일의 공원은 사람의 마음을 편안하게 하고 평 화롭게 만드는 힘이 있었다. 아직도 매운 짬뽕의 여진이 남아 있었기 때문에 나는 우유를 마셨다.

미령이가 심각한 얼굴로 물었다.

"아직도 매워?"

"이렇게 지독하게 매운 음식은 처음이야. 너희는 이렇게 매운 걸 왜 먹냐?"

고추조아가 감자칩을 와삭와삭 깨물어 먹으며 말했다.

"넌 매운 것도 못 먹으면서 왜 우리 카페에 가입했냐?"

고추조아가 정곡을 찔렀다. 내가 대답도 못 하고 당황하고 있는데 미령이가 흑기사를 자청했다.

"매운 걸 좋아하는 데 꼭 이유가 있어야 해?"

고추조아가 고개를 끄덕이며 말했다.

"맞아. 난 돈 때문에 매운 걸 먹게 됐지만."

마파두부가 무슨 말인지 알겠다는 듯이 고개를 끄덕였다.

고추조아가 계속 말했다.

"오늘도 내가 여기 온 걸 알면 우리 엄마, 나 죽이려고 들 거야."

미령이가 진지한 표정으로 물었다.

"아직도야?"

고추조아가 진저리가 난다는 듯 고개를 절레절레 흔들며 말했다.

"말도 마. 엄마는 내가 유학 가서 얼마나 힘들었는지는 관심 없어. 힘들어서 매일매일 죽는 상상만 했는데 그런 건 알려고도 하지 않아. 돈만 아까워해. 나 죽으면 내가 불쌍해서 우는 게 아니라 돈 이 억이 아까워서 울걸? 엄마가 억, 억, 할 때마다 난 매운 게 마구 당겨."

아이들은 이번에는 웃지 않았다.

과묵한 마파두부가 콜라 캔을 만지작거리며 말했다.

"잔소리로 괴롭힘을 당하는 게 차라리 낫다. 나처럼 시도 때도 없이 맞아 봐라. 우리 꼰대 어제도 들어오자마자 나한테 시비를 거는 거야. 뭐 별것도 아냐. 공부 안 하고 게임만 한다고. 우리나라 중고딩치고 게임 안 하는 애들 몇이나 있냐? 골프채를 들더니 아주 작정하고 패더라. 너희 골프채로 맞아 봤어? 이건 상상 초월이야, 씨발. 내가 개돼지도 아니고 인간인데, 사람을 어떻게 그렇게 개 패듯 팰 수가 있냐? 맞을 때 내가 어떤 기분이었는지 아냐?"

미령이가 깍지 낀 손으로 턱을 받치고 물었다.

"어떤 기분이었는데?"

"에이, 관두자."

주위가 또 숙연해졌다. 고추조아가 마파두부의 어깨를 툭툭 치며 말했다.

"우쭈쭈, 그랬어요? 걱정 마. 네 옆엔 내가 있잖아."

마파두부가 쑥스러운 듯 고추조아의 손을 잡아 내려놓았다.

두 번째 만남이지만 이 아이들에게 왠지 깊은 친밀감이 느껴졌다. 매운 음식을 함께 먹는다는 게 이런 건가, 하는 생각이 들었다. 마치 총알이 빗발치는 전투에서 함께 살아남은 전우 같은 기분.

오후의 황금빛 햇살이 아늑한 공원에 천천히 내리고 있었다. 조금씩 색이 변하기 시작하는 나뭇잎들이 오후의 햇살을 받아 일제히 반짝거렸다. 꽃과 나무, 퇴색된 콘크리트 구조물들이 온통 황금색으로 변해 가고 있었다.

5시. 가게로 가 봐야 할 시간이다.

시계를 들여다보고 있는데 등 뒤에서 목소리가 들려왔다.

"어이, 그림 좋은데? 우리도 좀 끼워 주지?"

왠지 귀에 익은 목소리라고 생각했는데, 돌아보니 아까 공원 입구에서 만났던 깍두기들이었다. 녀석들은 어디서 한잔 걸쳤는지 얼굴이 벌겋게 달아오른 채 우리를 병풍처럼 둘러쌌다. 우리는 동시에 자리에서 일어났다.

녀석들에게서 술 냄새가 났다. 세어 보니 네 명. 아까보다 한 놈이 더 늘었다. 녀석들은 교복 단추를 서너 개 풀어헤치고는 하나같이 삐딱하게 서 있었다.

저렇게 시비 거는 녀석들을 잘못 건드리면 골치 아픈 일이 생긴다. 내가 나서서 뭐라고 말하려는데, 마파두부가 다짜고짜 아까 시비를 걸던 녀석의 멱살을 잡았다. 그와 동시에 그 옆에 있던 녀석이 마파두부의 멱살을 잡고 주먹으로 마파두부의 얼굴을 한 대 쳤다.

그런 상황에서는 생각보다 몸이 먼저 반응하게 돼 있다. 나도 모르게 마파두부를 친 녀석의 배를 향해 주먹을 날렸다. 모든 일은 단 몇 초 사이에 일어났다.

나는 주로 맞았다. 녀석들은 보통내기들이 아니었다. 주먹이 빠르고 강했다. 내가 한 대 때릴 때 녀석들은 나를 세 대쯤 때렸다. 정신없이 때리고 정신없이 맞았다. 맞는 게 겁나거나 무섭지 않았다. 그런 감정 따위 느낄 겨를도 없었으니까.

실컷 얻어터지면서 보니 마파두부는 한 녀석에게 일방적으로 맞고 있었고, 고추조아와 미령이는 가방으로 놈을 때리고 있었다. 안 돼. 여자들은 빠져. 어서 빨리 도망가. 그렇게 소리치고 싶었지만 입이 열리지 않았다. 놈들이 여자들에게도 주먹을 휘두르려고 하는 순간, 나는 내 몸을 던져 여자들을 막았다. 하지만 곧 한 녀석이 날린 강펀치를 맞고 그대로 바닥에 엎어졌다.

바닥에 엎어진 나에게 놈들이 발길질을 하기 시작했다. 쨍그랑, 쨍그랑. 머릿속에서 뭐가 깨지는 소리가 들려왔다. 그냥 이대로 죽는구나, 싶을 때 갑자기 호루라기 소리가 들려왔다. 경관들이 들이닥친 거다.

우리는 순찰차에 나눠 태워져 지구대로 끌려갔다. 내 생애 처음으로 밟아 본 지구대였다.

삶이 자기 뜻대로 흘러가는 게 아니라는 건 열여덟 해를 살아오면서 터득했다. 때로는 원하지 않는 싸움에 휘말릴 때도 있고, 때로는 평생 들어갈 일 없을 것 같은 지구대에도 끌려간다. 이 시간 나는 가게에 가 있어야 하는데, 지구대 의자에 죄인처럼 고개를 숙이고 앉아 있다.

98

나는 괜찮았지만 다른 애들, 특히 미령이가 걱정이었다. 미령이는 굳은 얼굴로 정면을 보고 앉아 있었다. 아까 맞은 얼굴과 배가 쓰리고 아팠다.

우리는 한 명씩 경관 앞에 불려 가서 자술서를 쓰고 보호자 전화번호를 댔다. 경관이 피곤한 표정으로 나에게 "보호자 전화번호 대." 하고 말할 때 나는 전화번호를 댈 수 없었다. 엄마는 지금쯤 비좁은 주방에서 열심히 닭을 튀기고 있을 거고, 형은 교대하러 오지 않는 나에게 온갖 저주를 퍼부어 대고 있을 거다. 그리고 아버지는 오히려 나한테 보호를 받고 있는 처지다.

"보호자 없습니다."

"없어?"

"네."

"너 고아야?"

"아니요."

"그럼 부모님 안 계셔?"

"……."

"형이나 누나 없어?"

"……."

"빨리 안 대?"

"……보호자 없습니다."

경관이 들고 있던 서류철로 내 머리통을 때렸다.

진심으로 말했는데도 경관에게 맞으니 조금 억울했다. 내 보호자는 없다. 굳이 대라면 나 자신이 보호자라고 믿고 있고, 현실이 그렇다.

경관들은 부산하게 여기저기 전화를 해 댔다. 한 시간쯤 지났을 때 보호자들이 속속 지구대로 들어왔다. 제일 먼저 온 사람은 고추조아 엄마였다. 사람보다 먼저 진한 향수 냄새가 지구대 안으로 들어왔다. 강남 스타일의 우아하고 품위 있어 보이는 아줌마는 지구대로 들어오자마자 곁눈질로 우리 쪽을 힐끔 보더니 곧장 경관에게 갔다. 경관과 무슨 말인가 속삭이던 아줌마가 고추조아 앞으로 걸어가더니 고개를 푹 숙이고 앉아 있는 고추조아를 잡아먹을 듯이 노려보았다.

"이러라고 이 억이나 들여서 삼 년 동안 유학 보내 준 줄 아니? 따라와."

억, 억, 소리라는 게 바로 저거였구나. 아까 고추조아가 했던 말이 떠올랐다.

고추조아 엄마는 고추조아의 손목을 홱 잡아끌고 나갔다.

상대 놈들의 보호자들도 왔다. 놈들의 부모는 미리 약속을 해서 만났는지 다 같이 들어왔다. 그 부모들은 이런 일에는 이제 이골이 난 것처럼 일사불란하게 경관과 무슨 얘기를 나누더니 놈들을 하나씩 데리고 쌩하니 지구대를 나가 버렸다.

놈들이 가고 나서 얼마 후 지구대 문이 열렸다. 키가 크고 마르고 신경질적인 인상을 풍기는 남자가 지구대 안으로 들어왔다. 마파두부는 저승사자를 본 것처럼 부들부들 떨기 시작했다. 얼굴만 봐도 마파두부 아빠가 틀림없었다. 두 사람, 어딘지 모르게 닮았다.

남자는 들어오자마자 곧장 마파두부에게로 걸어왔다. 마파두부가 겁에 질린 얼굴로 의자에서 벌떡 일어났다. 미령이와 나도 얼떨결에 따라 일어났다. 남자는 마파두부를 향해 몇 걸음 다가오더니 갑자기 이단 옆차기를 날렸다. 마파두부가 구석으로 나가떨어졌다. 마파두부는 꽤 큰 충격을 받았는지 구석에 처박힌 채 한동안 일어나지 못했다.

미령이는 겁에 질린 얼굴로 두 손으로 입을 막았다. 남자는 이제 마파두부에게는 볼일이 끝났다는 듯 천천히 경관에게 걸어갔다. 경관은 자기도 이단 옆차기를 당할까 봐 잔뜩 겁먹은 것 같은 표정으로 서 있었다.

마파두부 아빠는 경관에게 90도로 허리를 꺾고 정중하게 인사를 했다.

"죄송합니다. 제가 자식을 잘못 키웠습니다. 두 번 다시는 이런 일이 일어나지 않도록 단단히 주의를 시키겠습니다. 선처해 주시면 감사하겠습니다."

너무도 정중한 말투에 경관은 어쩔 줄 몰라 하며 당황하는 기색이었다.

"아닙니다. 괜찮습니다. 어서 데리고 나가시죠."

경관은 공손하게 허리까지 숙여 인사했다.

마파두부까지 가고 나자 지구대에는 미령이와 나만 남았다. 미령이는 지구대에 끌려온 뒤로 한마디도 하지 않았다. 무슨 생각을 하는지 짐작할 수 없을 만큼 무표정한 얼굴로 앉아 있었다.

30분도 안 돼서 지구대 문이 열리고 허걱, 소리가 절로 나올 만큼 예쁘게 생긴 아줌마가 들어왔다. 말갛고 투명한 피부에 크고 선하게 생긴 눈, 오똑한 콧날에 날씬한 몸매. 머리부터 발끝까지 우아함이 철철 넘쳤다. 업무를 보던 다른 경관들도 아줌마를 힐끔힐끔 쳐다볼 정도였다.

아줌마는 조용조용 경관들이 있는 쪽으로 걸어갔다. 업무를 보던 경관들이 여기저기서 일어났다. 저쪽에 있던 경관이 이건 내 일이야, 하는 표정으로 급히 아줌마 앞으로 달려갔다.

경관과 아줌마는 한참 동안 무슨 말을 주고받았다. 속삭이듯 작은 목소리로 말했기 때문에 무슨 말을 하는지 전혀 알아들을 수가 없었다. 경관은 아줌마를 좀 더 오래 붙잡고 싶었는지 다른 부모들보다 훨씬 더 오래 상담을 했다. 아줌마는 경관의 말에 끄덕이기도 하고, 고개 숙여 사과하기도 하면서 진지하고 예의 있게 경청했다.

미령이는 여전히 꼼짝도 않고 앉아 있었다.

이윽고 아줌마가 미령이에게로 다가왔다. 나는 자리에서 벌떡 일어났다. 아줌마는 내 쪽으로는 눈길 한 번 주지 않고 미령이 앞에 쪼그리고 앉아 미령이의 손을 꼭 잡았다.

102

"봐. 어디 다친 데 없어? 엄마 걱정했잖아. 이젠 됐어. 가서 푹 쉬고 오늘 일은 다 잊어버리자, 응?"

미령이는 손을 홱 뺐다. 아줌마가 당황해서 어쩔 줄을 몰라 했다.

왠지 주객이 전도된 느낌이었다. 미령이는 당당하게 고개를 빳빳이 쳐들고 지구대를 나갔고, 그 뒤를 미령이 엄마가 오히려 죄인처럼 고개를 푹 숙이고 따라 나갔다.

이제 지구대에는 나 혼자만 남겨졌다. 학교 이름은 댔지만 설마 학교 선생들이 올 거라는 생각은 하지 않았다. 그런데 밤 11시가 조금 넘었을 때 지구대 문이 열리고 발광수와 담임이 들어왔다. 발광수나 담임이 내 보호자라는 생각은 한 번도 해 본 적이 없는데, 이런 곳에서 이런 시간에 보니 헤어졌던 가족을 만난 것처럼 코끝이 찡해졌다.

발광수는 경관과 간단히 몇 마디 주고받더니, 이런 일에는 이력이 났다는 듯한 표정으로 내 앞으로 걸어왔다. 담임은 초조한 낯빛으로 따라왔다.

발광수가 지극히 사무적인 투로 말했다.

"자세한 얘기는 월요일에 학교에서 하고 오늘은 일단 집으로 가라."

나는 집 대신 가게로 달려갔다. 정말이지 눈썹이 휘날리도록 뛰었다. 형은 결코 나를 용서하지 않을 거다. 때리면 맞고,

무릎이라도 꿇고 빌어야겠다고 생각했다.

　겨우 가게 앞에 도착했다. 가게에서 환한 불빛이 새어 나오고 있었다. 그 불빛은 '아무 일도 없어. 그러니까 어서 들어와.' 하고 속삭이는 것 같았다. 조용하고 평화로워서 오히려 그게 더 불안했다. 심호흡을 크게 하고 가게 문을 열려는 순간, 갑자기 문이 열리고 형이 나왔다.

　형을 보자 심장이 멎을 것만 같았다. 너무 놀라 아무 말도 못 하고 있는데 형이 나를 무섭게 노려봤다. 머릿속에서는 지금이야, 빨리 무릎을 꿇어, 라고 계속 소리쳤지만 몸이 빳빳하게 굳어서 손가락 하나 까딱할 수 없었다.

　형은 나를 보고 조금은 맥 빠진 얼굴로 말했다.

　"이젠 너까지 날 무시하냐?"

　"아, 아니, 그게 아니라, 형."

　때리지도 않고 화를 내지도 않으니 더 미안했다. 형한테서 술 냄새가 확 풍겼다. 형은 내 말을 듣지도 않고 가게 앞에 세워 둔 오토바이 시동을 걸었다. 그러고는 어둠이 짙은 도로 저쪽으로 순식간에 사라져 버렸다.

　나는 가게 안으로 들어갔다. 가게 안은 어수선했다. 의자 몇 개가 쓰러져 있고, 탁자 위에 있던 냅킨과 빈 치킨 상자들이 바닥에 나뒹굴고 있었다. 아마 형이 화풀이를 한 모양이었다. 이런 일은 몇 번 있었다. 형은 화가 나면 닥치는 대로 발로 차고 벽을 주먹으로 치기도 했다. 의자를 도로 세워 놓고 바닥을 치우고 있는데 주방 쪽에서 엄마 목소리가 들렸다.

"아들, 왔어?"

엄마는 주방 안에 있는 의자에 앉아 소주를 마시고 있었다. 얼마나 마셨는지 얼굴은 물론이고 목까지 빨갛다.

"사고가 좀 있어서……. 늦어서 죄송해요."

엄마는 무슨 뜻인지 모를 말을 중얼거리고만 있었다.

전화벨이 울렸다. 전화를 받으려고 하자 엄마가 말했다.

"전화받지 마."

"왜?"

"오늘 장사 안 했어."

"무슨 일 있었어?"

"네 형이…… 명이가 다시는 배달 일 안 하겠대."

엄마가 손을 흔들어 나를 주방 안으로 들어오라고 했다. 엄마 옆으로 갔다. 엄마가 마지막 남은 소주를 빈 잔에 따라 주었다. 나더러 마시라고? 하는 뜻으로 엄마를 빤히 봤더니, 엄마가 마시라는 시늉을 해 보였다. 반쯤 찬 소주를 한입에 털어 넣었다. 쓰디쓴 소주가 목구멍을 힘겹게 넘어갔다. 소주는 배 속에 들어가자마자 온 장기에 확 불을 붙였고, 온몸이 금세 뜨거워졌다.

엄마가 잠시 망설이는 듯하다가 말했다.

"명이가 좀 이상해."

형이 조금씩 이상해지고 있다는 것은 나도 눈치채고 있었다. 형은 가게에 출근하기 전까지 방에서 꼼짝도 하지 않았다. 게임을 하는 것 같지는 않았다. 그렇다고 자는 것 같지도 않았다. 방에서 가끔씩 신경질적으로 자판 두드리는 소리가 났으니까. 구직도 포기했는지 면접은 보러 다니지도 않았다.

"형이 왜?"

엄마가 한숨을 푹 내쉬고 나서 말했다.

"요즘 말도 심하게 하고, 화도 잘 내고, 저러다 무슨 일 저지를까 봐 겁난다."

소주 기운이 퍼지면서 온몸의 세포들이 나른해졌다. 문득 낮에 떠올랐던 투투 생각이 났다.

"엄마, 그때 기억나? 아버지가 내 애벌레 밟아 죽였을 때."

엄마의 기억은 내 기억과 달랐다.

그날 아버지는 이삿짐을 나르다가 도자기 하나를 깼다. 주인은 길길이 뛰었다. 이게 얼마짜린 줄 아느냐, 당신 수입으로는 1년을 모아도 못 살 거다, 이렇게 조심성이 없어서야 어떻게 이런 일을 하겠느냐. 주인은 30분 넘게 훈계를 했고, 아버지는 무릎을 꿇고 빌었다. 죄송합니다, 정말 죄송합니다. 있는 훈계 없는 훈계 다 퍼붓고 나서 주인은 손해 배상을 하라고 일침을 놓았다고 한다.

그 당시 일당을 받는 막일꾼이었던 아버지는 1년 동안 일해서 벌 돈을 계산해 봤을 것이다. 하루 수입 10만 원, 하루도 안 쉬고 한 푼도 안 쓰고 1년을 모으면 3,650만 원. 아, 참 비싼

도자기구나. 그리고 나는, 정말 싸구려구나.

　일당을 벌기는커녕 오히려 몇백만 원이나 물어 주고 집으로 돌아온 아버지는 내가 벌레만 들여다보고 있는 꼴을 보고 분노가 폭발하고 말았을지 모른다. 도자기만도 못한 인생이라고 생각했는데, 집에 와서 보니 자신이 벌레만도 못한 인생처럼 느껴졌던 걸까? 세상이 다 자신을 무시하고 멸시하는 것만 같았을까?

　형도 그때의 아버지처럼 내가 형을 무시한다고 느꼈던 걸까? 차라리 그날 아버지한테 맞았던 것처럼 오늘 형한테 맞았다면 마음이 이렇게 무겁지는 않을 것이다. 나를 노려보던 형의 눈빛이 그날 아버지가 나를 봤던 바로 그 눈빛과 너무도 닮아서, 그래서 더 괴로웠다.

　술 때문인지 눈물 때문인지, 엄마 눈시울이 붉어졌다. 엄마가 우는 거, 한 번도 본 적이 없는데…… . 아버지가 사고를 당했을 때도 엄마는 넋이 나간 것 같기는 했지만 울지는 않았다.

　엄마가 비틀거리며 의자에서 일어났다. 나는 엄마를 부축해서 가게를 나왔다. 엄마는 제대로 걷지도 못했다. 그런 엄마를 업었다. 엄마는 생각보다 가벼웠다.

　술에 취해 노래를 흥얼거리던 엄마가 내 귀에 대고 나지막한 목소리로 말했다.

　"배달하는 사람 구할 테니까 너도 이제 가게 그만 나와."

자살 카페

학교에 가자마자 발광수에게 호출당했다. 토요일 일로 우리 사이에는 아직 해결해야 할 문제가 남아 있었다. 나는 이미 각오하고 있던 터라 비교적 담담한 마음으로 상담실로 내려갔다.

상담실은 겨우 탁자 한 개가 놓일 정도로 작은 방이다. 우리는 그곳을 '밀실'이라고 부른다. 밀실에 끌려갔다는 건 죄질이 나쁘다는 걸 뜻한다. 보통 잘못을 저지르면 학생부실에서 온종일 벌서고 나오는데, 벌로 해결될 수 없는 문제를 일으킨 애들은 상담실에 불려 가 발광수에게 심문을 받아야 했다. 그 상담실에서 어떤 일이 일어나도 밖에서는 알 수가 없다. 가끔 픽, 윽, 소리가 들리는 것으로 봐서 폭행이 일어나고 있구나 짐작만 할 뿐이다.

발광수가 상담실 안으로 들어왔다. 발광수는 무표정한 얼굴로 내 앞에 앉아 두툼한 검은색 수첩을 펼쳤다.

발광수가 나를 빤히 바라보았다.

"길동이."

"네."

발광수는 수첩을 들여다보며 사무적인 말투로 얘기했다.

"토요일 밤에 넌 내 달콤한 휴식을 방해했다."

나는 형식적으로 고개를 까딱 숙인 뒤 죄송합니다, 라고만 짧게 말했다.

발광수는 한참을 골똘히 수첩만 들여다보고 있었다. 천하의 개망나니 발광수답지 않은 행동이었다. 저렇게 심각한 표정, 처음 본다.

한참 만에 발광수가 고개를 들고 한 말은 좀 뜻밖이었다.

"오미령하고 친하냐?"

미령이와 친하냐고? 친하다고 해야 하나, 안 친하다고 해야 하나?

"잘 모르겠습니다."

발광수가 갑자기 신경질적인 표정을 지었다. 그제야 발광수다웠다.

"뭐야. 친하면 친한 거고 아니면 아닌 거지, 잘 모르겠다니."

"……."

내가 아무 말도 하지 않자 발광수는 두 번째 질문을 했다.

"너도 오미령이 개설한 카페 회원이냐?"

이번에는 자신 있게 네, 라고 대답했다. 그런데 발광수, 좀 이상하다. 토요일 일은 혼내지 않고 왜 자꾸 쓸데없는 질문만 하는지 모르겠다.

발광수는 수첩을 탁 덮더니 이번에도 발광수답지 않은 진지한 얼굴로 나를 빤히 들여다보았다. 마치 내 표정에서 내 마음을 속속들이 읽으려고 하는 것처럼.

"어떤 카페지?"

"매운 걸 찾아다니며 먹는 식도락 카페입니다."

"그 카페 주인이 오미령 맞지?"

"네."

"넌 그 카페 모임에 몇 번이나 나갔어?"

"두 번 나갔습니다."

"카페 회원은 몇 명이지?"

나는 기억을 더듬어 대답했다.

"회원은 모두 아홉 명이지만, 실제로 활동하는 회원은 오미령까지 네 명인 걸로 알고 있습니다."

"카페에서 다른 이상한 낌새 눈치챈 거 없나?"

"뭘요?"

"뭐 이상한 행동 한 거 없느냔 말이다."

"이상한 행동이라뇨?"

발광수가 나를 씹어 삼킬 듯이 노려보았다. 없는 죄도 만들어서 고백하지 않으면 안 될 것 같은 눈빛이었다.

"이를테면⋯⋯, 이상한 걸 같이 먹자든가 하는."

발광수답지 않게 머뭇거렸다.

"이상한 거 뭐요?"

"예를 들면, 청산가리라든가."

청산가리? 카페 '더 빨강'은 매운 음식을 좋아하는 사람들 모임이지 '청산가리를 좋아하는 사람들' 모임이 아니다. 그런데 토요일에 미령이가 한 말이 문득 떠올랐다. 인터넷에 청산가리를 치면 뭐가 나오는지 아니?

나는 재빨리 대답했다.

"아니요. 그런 적 없는데요."

발광수가 고개를 저으며 말했다.

"아니, 그건 그냥 예를 든 거고. 아무튼 뭐 이상한 거 없었냐?"

"없었습니다."

발광수는 내 앞으로 얼굴을 바싹 들이댔다. 명태 대가리처럼 삐쩍 마른 얼굴이 바로 눈앞으로 다가왔다. 나는 놀라서 몸을 뒤로 조금 뺐다. 그러자 발광수가 가까이 다가오라는 듯 손가락 두 개를 까딱까딱해 보였다. 나는 하는 수 없이 발광수에게 얼굴을 조금 더 디밀었다.

발광수가 목소리를 낮춰 속삭이듯 말했다.

"오미령이 전에 다니던 학교에서 왜 우리 학교로 전학했는지 아나?"

미령이는 지난주에 우리 학교로 전학을 왔다. 우리 동네 새 아파트에 입주하면서 전학 온 것으로 알고 있는데, 발광수의 심각한 표정을 보니 그런 단순한 이유 때문이 아닌 것 같았다. 그 이유 말고 다른 이유가 있나? 나는 겁에 질린 표정으로 고개를 저었다.

"오미령은 불량 서클을 만들어서 활동하던 인물이다. 그냥 불량 서클이 아니라 바로 자살 카페. 알겠나?"

헐, 자살 카페?

발광수는 충격적인 얘기를 들려주었다.

자살 카페 회원들은 다 같이 죽기로 하고 자살 날짜며 방법 따위를 의논했다. 마침내 네 명이 모여 자살 여행을 떠나기로 했다. 그런데 한 아이가 바로 전날 마음이 변해 이 사실을 학교에 알렸다. 학교는 발칵 뒤집혔다. 카페를 만든 미령이에게는 강제 전학 조치가 내려졌고, 다른 아이들은 학교의 특별 감시를 받으며 지금도 그 학교에 다니고 있다.

나는 발광수가 공상 과학 소설을 쓰고 있다고 생각했다. 절대 그럴 리가 없다. 그럴 리가, 그럴…….

머릿속이 미로에 들어선 것처럼 복잡해졌다. 발광수는 계속 말했다. 학교에서는 오미령의 행동을 예의 주시해 왔는데 토요일 그 사건을 시작으로 오미령이 다시 움직이는 것으로 보고 있다, 즉시 그 카페를 탈퇴하고 오미령과도 만나지 않겠다는 각서를 써라, 이제부터 오미령은 물론 나머지 카페 회원도 특별 관리에 들어간다, 다른 두 명은 다른 학교에 다니기 때문에 이미 그 학교에도 사실을 확인시켰다……

발광수가 왕소금 같은 침을 튀겨 가며 말했지만 내 귀에는 하나도 들어오지 않았다. 발광수가 종이 한 장을 내밀며 각서를 쓰라 하고는 밖으로 나갔을 때까지도 지구가 아닌 우주의 어느 한 공간에 와 있는 것처럼 현실감이 없었다.

자살 카페라니, 말도 안 된다고 생각했다. 물론 미령이가 보통 여자애들하고 조금 다르다는 건 인정한다. 그런 점 때문에 미령이에게 끌린 건 사실이니까. 하지만 자살 카페를 만들어서 실제로 자살을 시도하려고 했다는 건 믿을 수가 없다. 그렇지만 좀 이상한 것 같기도 하다. 그 서늘한 눈빛하며 매운 걸 먹을 때 확 달라지는 광기 어린 표정하며. 뭔가 수상하다. 동반 자살은 인터넷에서나 일어나는 일인 줄 알았는데……. 그럼 정말로 미령이가 자살 카페를 만들었단 말인가? 믿을 수가 없다. 아니, 믿고 싶지 않다.

나는 각서를 쓰지 않았다. 각서 같은 건 함부로 쓰는 게 아니라고 배웠다. 하지만 발광수는 쉬는 시간마다 들어와서 각서를 쓰지 않으면 절대 이 상담실 밖으로 나갈 수 없다고 협박했다.

카페에서 탈퇴하는 건 문제가 아니다. 솔직히 나도 그 카페가 마음에 들지 않았다. 나한테는 매운 게 쥐약인데, 쥐약을 먹는 카페 따위 관심도 없다. 내 관심사는 오로지 미령이다. 그런데 '더 빨강'이 정말 자살 카페라면 나도 모르게 자살 동행인이 된 거란 말인가?

나는 4교시가 끝날 때까지 상담실에 갇혀 있었다. 발광수가 마지막 경고를 했다. 패싸움에 가담한 것만 해도 넌 정학이야. 정학 처분 받으면 어떻게 되는지 알지? 정학 처분 면하게 해 줄 테니까 각서를 써. 어차피 그 카페는 강제 폐쇄될 예정이지만, 우린 너의 자의적인 판단을 존중해 주는 의미에서 이런 배려를 해 주는 거니까 좋은 말로 할 때 써라.

나는 결국 카페에서 탈퇴하겠다는 내용과 미령이가 만든 어떤 카페에도 가입하지 않겠다는 내용까지 쓴 뒤에 풀려났다. 상담실에서 나와 교실로 올라가는데, 아이들이 물소 떼처럼 엄청난 속도로 계단을 내려오고 있었다. 나는 아이들과 역방향으로 교실로 올라갔다.

내가 카페를 탈퇴했는데도 미령이한테서는 아무 연락도 오지 않았다. 물론 내가 먼저 미령이에게 연락하거나 한 층 위에 있는 미령이네 교실로 찾아갈 수도 있었다. 하지만 나와 미령이를 향한 학교 선생들의 감시가 심해졌기 때문에 근신하는 차원에서라도 아무런 연락을 하지 않았다.

미령이는 요주의 인물로 찍혀 일거수일투족을 감시당했다. 미령이가 무슨 불치의 전염병을 퍼뜨리는 환자라도 되는 것처럼 미령이와 같이 다니는 아이들까지 학생부 선생들의 감시를 받았다.

나는 솔직히 미령이한테 좀 서운했다. 미안하다는 사과까지는 아니어도 별일 없느냐는 간단한 안부만이라도 물어봐 줬으면 했는데.

미령이를 만나 사실 여부를 확인할까 하는 생각도 했다. 하지만 포기했다. '더 빨강'이 자살 카페가 맞다는 말을 듣게 될 경우 내가 받을 충격이 두려웠기 때문인지도 모르겠다. 아니면, 발광수의 말을 사실로 믿고 싶지 않았거나. 어쨌든 내 마음속에서는 믿을 수 없다는 마음과 믿어야 한다는 마음이 팽팽하게 줄다리기를 했다.

학교 교사 연수회 때문에 오전 수업만 하고 평소보다 일찍 집으로 돌아왔다. 대문을 열고 들어가 현관문을 열려고 하는데 안에서 아버지의 비명이 들려왔다.

"아야, 아야. 잘못했어. 다신 안 그럴게. 아야야."

순간 머리털이 쭈뼛 서는 느낌이었다. 현관문을 열고 안으로 뛰어 들어갔다.

형이 아버지를 때리고 있었다. 어릴 때 자주 봤던 폭행 장면이었다. 그때와 다른 게 있다면, 때리는 사람과 맞는 사람이 뒤바뀌었다는 것뿐.

마루 구석에서 애벌레처럼 등을 잔뜩 구부리고 머리를 두 손으로 감싸고 있는 아버지, 그런 아버지 등을 빗자루로 사정없이 때리는 형. 마루에는 형이 소중하게 아끼는 타이태닉호가 산산이 부서진 채 나뒹굴고 있었다. 한눈에 봐도 어떤 일이 있었는지 짐작이 갔다. 며칠 전 아버지에게 타이태닉을 주고 미처 챙기지 못한 게 잘못이었다.

형이 빗자루를 쳐들며 소리쳤다.

"누가 내 물건에 손대랬어?"

"잘못했어, 큰형아. 제발 때리지 마."

"저게 얼마나 소중한 건지 알아?"

"미안해, 큰형아. 용서해 줘."

형은 아버지의 애원을 무시하고 빗자루로 아버지 등짝을 힘껏 내리쳤다. 따악, 소리와 함께 아버지가 비명을 질렀다.

"아야야, 아야."

피가 거꾸로 솟았다.

나는 빗자루를 쳐든 형의 손목을 잽싸게 잡았다. 형이 나를 돌아다보았다. 나는 매섭게 형을 노려봤다.

"그거 내가 줬어. 아버지 잘못 없어."

아버지가 재빨리 내 등 뒤로 와서 숨었다.

형이 이글거리는 눈빛으로 나를 쏘아보며, 내 손을 뿌리치려고 했다. 나는 형이 움직이지 못하게 손목을 더 꽉 잡았다. 형도 손에 팽팽하게 힘을 주었다. 하지만 스물여덟 살인 형보다 열여덟 살인 내가 힘은 더 세다. 내가 형보다 키도 크고 몸집도 크다. 형은 나를 이기지 못한다.

온몸의 힘을 손에 실어서 형의 손목을 더 옥죄었다. 형의 손이 핏기가 사라지면서 하얗게 변하더니 힘없이 빗자루를 떨어뜨렸다. 나는 빗자루를 현관 밖 마당으로 있는 힘껏 던져 버렸다.

형은 눈알이 빠져라 나를 노려보았다. 속으로는 조금 겁이 났다. 형에게 반항한 건 오늘이 처음이다. 나도 모르게 형 손목을 잡았지만, 그 순간 흔들리던 형의 눈빛을 보며 어쩌면 내가 형을 이길 수도 있다는 묘한 확신 같은 게 생겼다. 내 예감은 적중했다. 형은 고개를 푹 떨구더니 자기 방으로 들어가 버렸다. 내 오금에 니킥을 날리고, 내 머리통을 쥐어박고, 욕설을 퍼부을 때와는 전혀 다른 모습이었다.

형이 방으로 들어가 문을 잠그는 소리까지 듣고 나서야 아버지는 안심한 듯 바닥에 주저앉아 사방에 흩어져 있는 타이태닉 조각들을 그러모았다.

"망가져서 고치려고 그런 건데……. 일부러 그런 거 아닌데……."

"그러게 내가 조심해서 가지고 놀라고 했어, 안 했어?"

아버지가 내 눈치를 보며 울먹거렸다.

"했어."

나는 아버지를 거칠게 밀치고 타이태닉 조각들을 모아 쓰레기통에 넣어 버렸다. 아버지가 내 옆에 와서 쪼그리고 앉아 내 얼굴을 빤히 들여다보았다.

"작은형아, 화났어?"

"그래."

"미안해."

내가 화가 난 이유는 아버지 때문이 아니라고 말하고 싶었지만 그 말이 나오지 않았다. 그냥 화가 났다. 이 믿을 수 없는 현실에.

"형한테 내가 줬다 말하지 그랬어."

아버지가 눈을 반짝이며 말했다.

"그럼 작은형아가 혼나잖아. 나 비밀 지켰어."

그 한마디에 화가 조금은 풀렸다.

"배 안 고파?"

"고파."

"밥 줘?"

"히, 좋아. 작은형아 최고."

아버지하고 마주 앉아 밥을 먹었다. 콩나물국이 밍밍했다. 엄마가 소금 넣는 걸 잊은 모양이다. 요즘 엄마는 음식에 뭔가를 더 넣거나, 뭔가를 빼거나, 뭔가를 바꿔서 넣기도 한다. 어떤 반찬은 소금 대신 설탕을 넣는 바람에 달아서 못 먹었고, 소금을 너무 많이 넣는 바람에 짜서 못 먹은 것도 있었다. 밥은 너무 되거나 질었다.

콩나물국에 소금을 넣었다. 간은 맞았지만 뭔가 빠진 것 같았다. 이번에는 고춧가루를 넣었다. 국물이 새빨개졌다. 한 숟갈 떠서 먹었지만 전혀 맵지 않았다. 고춧가루를 더 넣었다. 국물이 더 새빨개졌다. 그래도 맵지 않았다. 이번에는 고춧가루를 한 숟갈 듬뿍 넣었다. 국물이 걸쭉해질 만큼 빨개졌다. 그제야 국물이 매웠다.

속에서 뭐가 활활 타올랐다. 불이 아니라서 물로 끌 수도 없고, 더구나 보이지도 않으니 어떻게 해 볼 도리가 없는 뜨거운 그 무엇. 위가 깎여 나가는 것처럼 고통스러웠지만 그 기분이 나쁘지 않았다. 이상하게도 고통스러운 그 무게만큼 희열도 커졌다. 가장 밑바닥에 있던 고통은 가장 높은 곳에 있는 희열을 향해 급격하게 수직 상승했다.

불이 타오르면서 눈물이 줄줄 흘렀다. 매운 것을 먹고 흘리는 눈물은 진짜 눈물이 아니라는 걸 안다. 하지만 혀의 통증이 머리로 전해지면서 몸 전체가 뜨거운 통증으로 가득 차서 더는 견디기 힘들 때 흘러나오는 이 눈물이, 진짜 슬픔 같다. 처음에는 혀가 아팠다가, 나중에는 온몸이 아팠다가, 결국에는 마음이 아팠다. 온몸의 아픔이란 아픔은 죄다 훑어 낸 눈물이 줄줄 흐르고 나서야 이상하게 몸이 개운해졌다. 몸이 가벼워지면서 속도 후련해졌다. 마치 몸속에 있던 나쁜 불순물들이 쏙 빠져나가고, 순도 100퍼센트의 알맹이만 남은 기분이었다.

갑자기 미령이 얼굴이 떠올랐다. 보고 싶다, 오미령. 정말 아주 많이.

아버지가 놀란 얼굴로 말했다.

"어? 작은형아, 운다."

그건 눈물이 아니라 땀이었다. 매운 것을 먹고 났더니 사우나에 한 시간쯤 들어갔다 나온 것처럼 온몸이 땀으로 흥건해졌다. 아버지는 식탁 위에 있는 휴지로 내 얼굴을 꼼꼼히 닦아 주었다. 뺨과 이마, 콧등, 턱까지 땀을 닦아 주고 나서 아버지가 활짝 웃었다.

"작은형아, 이제 안 운다."

까마귀가 나는 밀밭

상담실에 또 불려 갔다. 발광수는 그동안 이상한 낌새 없었느냐고 추궁했다. 물론 없다고 단호하게 대답했다. 발광수는 언제든 미령이가 의심스러운 말이나 행동을 하면 그 즉시 연락하라고 자기 휴대전화 번호까지 알려 줬다.

교실 안으로 들어서는데 희우가 다가왔다.

"뭐래?"

"뭘?"

"너 지난번 그 일 이후로 학생부 특별 관리 신분인 거 알거든?"

"그보다 잠깐 이리 와 봐. 물어볼 게 있어."

나는 희우를 끌고 교실 뒤쪽 구석으로 갔다.

"미령이 말야. 전에 다니던 학교에서 왜 전학 온 거야?"

"그건 지난번에도 얘기했잖아. 걔네가 새 아파트로 입주하면서 전학 왔다고."

역시 희우는 모르고 있는 건가?

"그거 말고. 다른 이유가 있잖아. 너 알지? 말해 봐."

희우가 도통 무슨 말인지 모르겠다는 듯 두 눈을 껌벅거렸다. 그 눈빛만 봐도 희우는 정말 모른다는 것을 알 수 있다. 희우는 마음속에 있는 것을 숨기는 기술이 결코 없다. 열이면 열, 다 드러난다. 희우가 연애를 잘하는 건, 어쩌면 속에 감춰 두는 감정이 없기 때문일지도 모른다. 연애를 어렵게 하는 건 아무짝에도 쓸모없는 그놈의 '생각들' 때문이라고 언젠가 희우가 말했었다.

이번에는 희우가 나한테 물었다.

"나 정말 모르겠는데 미령이한테 무슨 일 있어? 요즘 학생부 분위기도 그렇고 너도 그렇고, 어째 분위기가 심상치 않다."

자살 카페에 대해서라면 단순한 친구 사이라도 희우가 알고 있을지 모른다. 나는 희우에게 자살 카페 이야기를 했다. 희우는 처음에는 그럴 리가 없다고 펄쩍 뛰었다. 그러다가 뭔가 짐작되는 게 있는지 낯빛이 어두워졌다.

"그럼 아직도 미령이가 그 일을 잊지 못하고 있는 건가?"

"무슨 일?"

희우는 마치 천기라도 누설하는 사람처럼 평소 같지 않게 주위를 살펴 가며 조용히 말했다.

"나도 엄마들 하는 얘기를 몰래 들었을 뿐이라서 정확한 건 아닌데, 미령이가 여섯 살 땐가 일곱 살 때 유괴를 당했었대."

헐, 유괴? 유괴는 신문이나 텔레비전 뉴스에서만 보는 사건인 줄 알았는데 미령이가 당했었다니, 믿기지 않았다.

"정말이야?"

"쉿, 비밀이야. 그 일 때문인지 뭐 때문인지는 모르지만, 미령이가 딱 한 번 자살하려고 한 적이 있대."

그럼 아직까지 그 일로 고통받고 있다는 말인가? 미령이는 정말 까도 까도 그 속을 알 수 없는 양파 같은 아이다.

희우가 머리를 세차게 흔들며 말했다.

"아우, 씨. 내 문제만으로도 머리통이 터질 거 같은데."

그러고 보니 요즘 희우의 표정이 별로 밝지 않다.

"넌 또 왜?"

"요즘 껌딱지 하나 때문에 내가 아주 돌게 생겼다."

희우의 연애는 언제나 쿨하고 깨끗하고 담백하다. 나처럼 이렇게 혼자서 끙끙 앓는 짝사랑도 아니고, 상대가 싫다고 하는데 매달리지도 않는다. 희우는 마음에 들지 않는 여자 친구를 떼어 버리는 기술도 놀랄 만큼 발달해 있다. 그런 희우한테 껌딱지라니, 도무지 어울리지 않는다.

"누군데?"

"있어. 다른 학교 다니는 여자애. 날 사랑한대."

사랑이라는 말이 나에게는 안 맞는 옷처럼 어색하게 들렸다. 그렇지만 희우는 사랑이니 여보 당신이니 하는 호칭을 벌써 몇 년 전부터 자연스럽게 써 오고 있었기 때문에 희우에게는 자연스러웠다.

"넌?"

"난 딱 질색이야."

"왜?"

"연애에 감정이 개입되면 골치 아파지거든."

연애에 감정을 개입시키지 않으면 그게 연애인가? 아무리 내 친구지만 가끔 희우의 정신세계를 이해할 수가 없다.

"넌 여자를 왜 사귀냐?"

"몰라서 묻냐?"

희우에게 사랑이란 한 번 쓰고 버리는 일회용품 같은 거다. 하지만 내 생각은 다르다. 사랑은…… 슬프지만 아름답고, 괴롭지만 소중하고, 그리고 버려도 다시 쓸 수 있는 재활용품 같은 거.

희우가 머리를 저으며 말했다.

"어디 가서 껌딱지 떼어 내는 부적이라도 하나 써 와야겠다."

"너 그 애한테 정착해라."

희우가 놀란 눈으로 나를 바라봤다.

"미쳤냐?"

나는 주머니에서 500원짜리 동전을 꺼내 손바닥 위에 올려 놓고 말했다.

"정착한다에 오백 원 건다."

희우가 동전을 집어 들고 자기 자리로 달려가며 말했다.

"그럼 이건 내 거다."

수업이 끝날 때쯤 미령이한테서 문자가 왔다.

— 부탁이 있는데 하나만 들어줄래?

발신인 이름을 보자 백만 볼트짜리 전류에 감전된 것처럼 온몸에 전율이 느껴졌다. 문자가 온 것에 놀랐고, 부탁이 있다는 말에 또 놀랐다.

한참을 고민하다 답장을 보냈다.

— 뭔데?

빛의 속도로 답장이 왔다.

— 만나서 얘기해. 수업 끝나고 4시 30분. 사거리 소망약국 2층 카페 '고흐'. 이 문자 보는 즉시 핑! 알지?

나는 문자를 읽자마자 삭제했다.

수업이 끝나고 교문을 나섰다. 한바탕 비가 쏟아질 것처럼 하늘은 우중충했고, 미친 듯이 바람이 불었다. 검은 비닐봉지, 낙엽들, 신문지 조각들이 움직이는 초현실주의 그림처럼 허공을 날아다녔다. 사람들은 옷깃을 단단히 여미고 몸을 잔뜩 웅크린 채 걷고 있었다.

거리는 고흐의 '까마귀가 나는 밀밭' 같았다. 고흐는 밀밭에 숨어서 까마귀가 날아가는 장면을 보려다가 권총을 잘못 쏘는 바람에 죽었다. 자살했다는 설도 있지만, 오발 사고로 죽었다는 설이 더 극적이라서 나는 그렇게 믿고 있다. 바람이 불어오는 건물 어디쯤에 귀가 잘린 고흐가 권총을 들고 숨어 있을 것 같다. 푸드덕 까마귀 떼가 날아오르는 그 순간, 건물과 건물 사이 어느 골목에서 고흐가 피가 철철 흐르는 가슴을 움켜쥔 채 쓰러지고 있을 것만 같다.

카페 '고흐'는 술을 파는 곳인지 차를 파는 곳인지 분간할 수 없을 만큼 묘한 분위기를 풍기는 곳이었다. 벽에는 고흐의 '자화상'과 '별이 빛나는 밤', '해바라기' 같은 조잡한 복사판 그림이 걸려 있었고, 천 소파는 편안해 보이긴 했지만 앉으면 먼지가 묻을 것처럼 낡았다.

카운터에 앉아 있던 중년 여자가 무표정한 얼굴로 알은체를 했다. 카페 안에는 손님이 거의 없었다. 미령이는 제일 구석자리에 앉아 있었다. 먼지가 잔뜩 낀 창 옆자리였다. 창밖으로 검은 비닐봉지들이 까마귀들처럼 날아다녔고, 거리에는 사람들이 바람을 정면으로 맞으며 구부정한 자세로 지나다녔다.

미령이는 캐머마일 차를 시켰다. 나도 같은 걸로 주문했다.

정말 많이 보고 싶었는데, 이렇게 단둘이 앉아 있으려니 어색해서 눈을 어디에 둬야 할지를 모르겠다. 미령이의 눈을 마주 바라볼 수 없어 칠이 벗겨진 탁자를 내려다보고 있는데 미령이가 말했다.

"와 줘서 고마워."

나는 재빨리 대꾸했다.

"고맙긴."

"그날 집에 가서 별일 없었어?"

"응."

마음과는 다르게 대답이 단답형으로 나왔다. 미령이는 대화를 끌어가려고 꽤 애쓰고 있는 티가 역력했다.

"미안해."

"뭐가?"

"지난번 카페 일 때문에 너 학생부 불려 다니게 한 거."

"그건 됐고, 오늘 용건은?"

내가 왜 이러지? 마음과는 달리 자꾸만 퉁명스럽게 말이 나온다.

미령이가 뭔가 고민하더니 이윽고 결심한 듯 말했다.

"우리 카페 더 빨강은 아직 살아 있어. 비공개로 전환했을 뿐이야."

그걸 나한테 말하는 이유가 뭘까? 왜 비공개로 계속 카페를 유지하는 걸까? 미령이가 나한테 원하는 게 뭘까? 짧은 시간 이런저런 생각이 머리를 스쳐 지나갔다.

미령이가 계속 말했다.

"우리 카페에서 이번 달 마지막 날 여행 갈 거야. 너도 같이 갈래? 시월 삼십일일, 아침 여덟 시 영등포역에서 만나기로 했는데."

10월 마지막 날 여행? 뭔가 이상하다. 언젠가 미령이가 말했다. "나에게 가장 가까운 미래는 시월의 마지막 날이야."

언젠가 발광수가 말했다. "오미령은 전에 다니던 학교에서 자살 여행을 가려다 실패했다."

억지로 꿰맞추려고 하지 않아도 된다. 10월의 마지막 날, 미령이는 자살 여행을 떠나려는 거다. 같이 가자는 건 같이 죽자는 말과 같다.

살아야 하는 이유가 있는 것처럼 죽어야 할 이유도 있을 것이다. 겉으로 봐서는 모른다. 아무리 집안이 화목하고, 공부를 잘하고, 얼굴이 예쁘거나 잘생겼어도, 스스로 목숨을 끊는 사람은 있다. 그런 사람은 살아야 할 이유보다 죽어야 할 이유가 더 많기 때문이다.

하지만 나는 아니다. 내가 아직까지 살아 있는 건, 죽어야 할 이유보다 살아야 할 이유가 훨씬 많기 때문이다. 나는 아직 첫 경험도 안 했다. 첫 경험은커녕 첫 키스도 못 해 봤다. 대학에도 안 가 봤고, 내 손으로 돈도 한 푼 못 벌어 봤다. 결혼도 안 해 봤고, 애도 안 낳아 봤다.

아니, 무엇보다 죽을 만한 이유가 아직 없다. 아버지가 일곱 살짜리가 됐어도, 형이 직장을 못 얻고 점점 난폭해져도, 엄마의 한숨 소리가 깊어 가도, 내 미래가 먹물처럼 새카매도, 그래도 그게 죽을 만한 이유는 될 수 없다.

나도 모르게 소리쳤다.

"안 돼. 가지 마."

미령이가 내 얼굴을 빤히 쳐다봤다.

"왜 그래?"

희우한테 들은 얘기를 말할까? 희우는 절대 말하지 말라고 했는데. 그렇지만 여러 사람의 목숨이 달린 문제다. 어쩔 수가 없다. 이렇게 된 이상, 털어놓는 수밖에. 나는 망설이다가 겨우 말했다.

"희우한테 들었어. 너 어렸을 때 당한 일."

미령이의 눈빛이 불안하게 흔들렸다.

찻잔을 만지작거리던 미령이가 고개를 숙인 채 물었다.

"어디까지?"

"유괴당했었다는 것만 알아."

미령이가 고개를 들었다. 불안하게 흔들리던 눈빛에 어느새 분노가 차 있었다.

"그때 일 아는 사람 아무도 없는데."

"말하고 싶지 않으면 안 해도 돼."

미령이는 입을 다물었다. 한참 동안 침묵이 흘렀다. 침묵을 견디기가 힘들었지만, 무슨 말을 해야 할지 아무 생각도 나지 않았다.

나도 모르게 아버지 얘기가 나왔다.

"우리 아버지는 머리를 다쳐서 일곱 살 지능으로 돌아갔어. 일곱 살짜리 아버지를 보면 그렇게라도 살아 있는 게 죽는 것보다 훨씬 낫다는 생각이 들어. 죽으면 끝이지만 일곱 살이면 평생 즐겁고 행복하고 신 나는 기억만 갖고 살 테니까."

미령이가 뜬금없다는 표정으로 나를 빤히 바라보았다.

내가 지금 무슨 얘기를 하려는 거지? 말의 핵심이 뭐냐고? 머릿속은 혼란스러운데도 내 입에서는 의도하지 않았던 말들이 계속 술술 나왔다.

"그러니까 내 말은, 사람은 어쩌면 기억이 없을 때 더 행복해질 수도 있다는 거지. 네가 일곱 살 때 어떤 끔찍한 일을 겪었는지 모르겠지만, 그 기억이 네 삶을 붙잡아 두고 행복해지는 걸 방해한다면 그건 아니라는 거지. 그 기억에서 벗어나든지, 극복하든지. 죽는 건 좋은 방법이 아니라는 거지."

미령이는 긴장한 표정으로 내 얘기를 들었다. 그리고 또다시 이어지는 어색한 침묵.

미령이는 캐머마일 차를 한 모금 마시고 나서 한동안 찻잔을 만지작거렸다. 투명한 찻잔 속에 담긴 연녹색 차 색깔이 예뻤다. 캐머마일 차가 심리적인 불안감, 우울, 불면증, 스트레스 해소에 좋다는 얘기를 어디서 들은 적이 있다.

한참 후에야 미령이가 차갑게 말했다.

"무슨 얘긴지는 알겠어. 하지만 나하고는 상관없는 얘기야."

나는 강경한 어조로 말했다.

"어쨌든 여행은 가면 안 돼."

미령이가 나를 빤히 바라보았다. 표정이 소름 끼칠 만큼 차가웠다.

"너 안 갈 거면 나한테 이래라저래라 하지 마."

"아니, 내 말은……."

"난 간섭받는 거 제일 싫어해. 세상에 혼자 태어난 이상 내 삶은 내 거야. 잘못되면 내가 책임지면 돼. 너는 좀 다를 줄 알았는데, 내가 사람을 잘못 봤나? 그래도 오늘 한 얘기 후회는 안 해. 난 사람을 볼 줄 아는 내 안목을 아직은 믿고 싶으니까. 그리고 이번 여행 건은 비밀 지켜 줄 거라 믿어."

미령이가 자리에서 일어났다. 조금 더 간절하게 부탁할 걸 그랬나? 후회됐지만 소용없었다. 미령이가 카운터로 가더니 재빨리 계산을 했다. 아, 계산은 내가 하려고 했는데…….

나는 미령이를 따라 나갔다. 문을 열자마자 바람이 휘몰아쳤다. 걸음을 똑바로 옮기기도 힘들 만큼 거센 바람이었다. 미령이는 몸을 잔뜩 웅크리고, 맞은편에서 불어오는 바람을 맞으며 걸어갔다. 나도 그 뒤를 따라갔다.

"야, 오미령!"

바람이 내 목소리를 뚝뚝 끊고 달아났다. 미령이는 돌아보지 않았다. 미령이는 바람에 나부끼는 치마를 한 손으로 누르고, 한 손으로는 헝클어진 머리를 쓸어 올리며 걸었다.

'그래도 죽는 건 안 돼……'

채 말이 되지 못한 말들이 입속에서 맴돌았다. 미령이는 바람 가득한 거리 저편으로 사라져 버렸다. 먹빛 하늘로 까마귀 같은 까만 비닐봉지 몇 개가 날아올랐다.

기억은 결코
허물어지지 않는다

그날 이후 형은 방에서 나오지 않았다. 형이 방에서 무얼 하며 하루하루를 지내는지 궁금해서 몇 번 문을 열어 보려고 했지만, 그때마다 방문은 굳게 잠겨 있었다. 사흘에 한 번씩 빨랫감을 내놓고, 하루에 두 끼씩 혼자서 꼬박꼬박 밥을 먹는 걸 보면 살아 있기는 한 모양이었다.

엄마는 배달 아르바이트를 구했다. 머리를 노랗게 물들이고 찢어진 검은 스키니진을 입고 다니는, 꽤 생각 없어 보이는 사람이었다. 이름은 빈이라고 했는데, 진짜 이름인지 가명인지 모르지만, 하여튼 나보다 한 살 많다고 해서 예의상 빈이 형이라고 불러 주었다.

빈이 형은 껄렁껄렁해 보이는 겉모습과는 달리 일을 아주 잘했다. 오토바이를 모는 솜씨는 가히 프로급이었다. 시동을 거나 싶으면 어느새 쌩하니 길 저쪽으로 사라졌다. 골목길도 잘 빠져나갔고, 큰길에서도 차들 틈새로 거침없이 달렸다. 형과 내가 한 시간 걸려서 배달할 분량을 20분도 안 돼 혼자 다 해치웠다. 빈이 형 덕분인지 가게 매상이 조금씩 오르기 시작했다. 빈이 형 급여를 주고도 남을 만큼 매상이 올랐다.

나는 형이 아버지를 또 때리지 않을까 촉각을 곤두세웠다. 학교가 끝나자마자 부리나케 집으로 달려갔고, 목욕을 시킬 때마다 새로운 멍 자국이 없는지 확인했다. 하지만 그날 이후로 형은 아버지를 때린 것 같지 않았다.

외줄을 타듯 아슬아슬한 나날이 이어졌다. 아무 일도 일어나지 않아서 더 불안했지만, 한편으로는 이대로 계속 아무 일도 일어나지 않기를 바랐다. 하지만 그런 내 바람은 그리 오래가지 않았다.

형이 사라졌다.

오늘 아침인지, 어제저녁인지, 그저께 오후인지 모르겠다. 한동안 형을 보지 못했으니까.

일요일 아침 엄마가 대청소를 한다면서 형 방문을 열었다. 그런데 형은 방에 없었고, 책상 위에는 이력서에다 쓴 편지 한 장이 놓여 있었다.

엄마. 죽을죄를 지었습니다. 집 재건축 보상비로 받은 돈, 엄마가 그동안 모은 돈, 몽땅 주식으로 날렸습니다. 용기가 없어 죽지도 못 해 이대로 사라집니다. 이건 엄마가 저를 세상에 내보낸 첫 값이라고 생각하세요. 동이한테 제 컴퓨터 문서 확인해 보라고 전해 주십시오. 거기 모든 게 다 들어 있습니다. 이 못난 아들을 용서하지 마세요.

그럼 안녕히.

불효자 명이 올림.

편지는 줄이 쳐진 이력서에 또박또박 쓰여 있었다. 내용을 보지 않았다면 한 자 한 자 정성껏 쓴 이력서라고 믿었을 거다.

나는 형이 남긴 편지를 읽고 또 읽었다. 아무리 읽어도 돈을 다 날려 버리고 집을 나간 사람이 쓴 글씨라고는 믿어지지 않을 만큼 바르고 정직한 글씨체였다.

컴퓨터를 켜고 문서를 클릭했다. 성격이 꼼꼼했던 형은 그동안 주식 투자 했던 내용들을 파일에 자세히 정리해 놓았다. 주식 투자는 1년 전부터 시작했다.

형은 엄마 통장에서 돈을 꺼내 엄마 이름으로 주식에 투자했다. 처음에는 100만 원, 그다음에 300만 원. 주식 투자를 하면서 돈도 벌었다. 어떤 때는 10만 원, 어떤 때는 50만 원. 하루에 200만 원을 번 날도 있었다. 돈을 벌게 되자 투자 금액을 점점 높여 갔다. 천만 원, 2천만 원. 그리고 결국 우리 집 전 재산을 다 투자했다. 물론 엄마 통장에서 그 돈을 빼냈다. 통장에서 더 빼낼 돈이 없자 돈을 빌렸다. 돈을 빌리는 건 간단했다. 엔터 키 하나만 누르면 증권 회사 통장에서 엄마 통장으로 자동 이체가 됐으니까. 그렇게 해서 빌릴 수 있는 데까지 돈을 빌렸다. 하지만 형이 투자했던 주식은 휴지가 됐다. 전 재산을 다 날리고 여기저기서 빌린 돈이 5천만 원이 넘었다.

주식 투자와 돈을 빌리는 것을 모두 엄마 이름으로 했기 때문에 엄마는 졸지에 전 재산을 다 날리고 빚쟁이까지 됐다. 책상 서랍에는 엄마 앞으로 온 채무 독촉 고지서와 아직 쓰지 않은 이력서 용지가 가득 들어 있었다.

이것이 형의 삶이었다니. 내가 닿을 수 없는 곳에 항상 먼저 가 있던, 그래서 존경스러울 수밖에 없었던 형이 남긴 건 우리가 써 보지도 못한 엄청난 빚과 이력서 용지들, 책장을 가득 채운 조립식 장난감들과 침대에 둥글게 말려 있는 낡은 이불, 벽에 걸려 있는 면접용 양복 한 벌. 이게 전부였다.

형에 대한 원망보다는 이상하게도 연민이 먼저 생겼다. 형이 사라지고 나서야 형이 그동안 얼마나 힘들었을까, 조금은 이해가 됐다.

엄마는 충격을 받고 자리에 누웠다. 믿었던 형에게 배신당했다는 충격에, 이제 돈 한 푼 없이 길거리로 나앉게 됐다는 충격이 더해져 실어증 증상까지 보였다. 엄마는 가게에 나가지도 않았고 밥도 하지 않았다.

집안일은 내 몫이 됐다. 나는 밥도 짓고, 반찬도 만들고, 방에 누워만 있는 엄마와 아무것도 모르는 아버지를 보살펴야 했다. 내가 이 집에서 졸지에 서열 1위가 된 것 같고, 가장이 된 것 같은 기분이었다.

오늘 하루는 간신히 살겠지만, 내일은, 또 그 내일은 어떻게 될까?

일곱 살짜리 아버지를 책임지고, 실의에 빠진 엄마를 위로하고, 무너져 버린 가정 경제를 일으켜야 하나? 이 문제는 성적을 평균 50점 올리는 것과는 차원이 다르다. 도무지 아무 그림도 떠오르지 않았다.

새벽에 눈을 떴다. 쿵, 쿵. 드드드득, 쿵, 쿵, 드드드득. 땅을 울리는 소리가 들렸다. 아파트 공사 현장에서 들려오는 소리였다. 북유럽 신화에 나오는 거인이 이쪽을 향해 걸어오고 있는 것 같았다. 벽이 흔들렸다. 벽뿐만 아니라 천장이 흔들렸고 마침내는 세상이 흔들렸다. 지구의 가장자리로 점점 쫓겨나는 기분이 들었다. 중력도 없어진 지구의 끝까지 밀려서 지구 밖으로 떨어져 버릴 것만 같은 기분.

쿵, 쿵, 쿵, 쿵.

이번에는 다른 종류의 소리가 들려왔다. 먼 곳에서 천천히 오는 소리가 아니라 가까운 곳에서 들려오는 소리였다. 분명히 집 안에서 나는 소리였다.

깜짝 놀라 침대에서 일어나 밖으로 나갔다.

평소에는 늦잠을 자던 아버지가 마루 구석에 쪼그리고 앉아 있었다. 아버지는 겁에 질린 얼굴로 벽에 머리를 계속 부딪쳐 댔다. 쿵, 쿵. 벽에서 소리가 났다.

얼른 아버지에게 달려갔다.

"아버지, 왜 그래?"

아버지는 빨갛게 충혈된 눈으로 나를 올려다봤다.

"무서워. 우리 집 무너져."

요즘 들어 아버지 증세가 이상해졌다. 형이 집을 나간 뒤로 아버지는 몹시 불안해 보였다. 지붕에 올라가지도 않았고, 좋아하는 비누 장난을 치지도 않았다. 학교에서 돌아와 보면 구석에 쭈그리고 앉아 벽에 머리를 찧어 대고 있었다. 그 때문에 아버지 머리에는 상처가 아물 날이 없었다. 피멍이 들기도 하고, 머리가 깨져 피가 난 적도 있었다. 아버지가 머리를 짓찧은 벽에는 선명한 핏자국이 남아 있었다.

나는 아버지를 일으켰다. 아버지는 부들부들 떨며 겨우 일어났다.

"걱정 마. 우리 집 안 무너져."

아버지는 바지에 오줌도 쌌다. 젖은 바지를 벗겨 아버지를 씻기고, 마루에 고여 있는 오줌을 닦았다.

안방 문을 열자 술 냄새가 확 풍겼다. 엄마는 어젯밤 또 술을 마셨나 보다. 매사에 긍정적이고 성격이 밝은 엄마에게 과연 고통이나 슬픔을 느끼는 감각이 있기나 한지 의심스러웠는데, 이번만큼은 엄마도 회복하기 힘들 정도로 충격을 받은 모양이다. 엄마는 날마다 술에 취해서 아버지가 무슨 짓을 하거나 말거나 신경도 안 썼다.

형이 집을 나가고 일주일 뒤, 이번에는 아버지가 없어졌다.

학교 끝나고 집에 돌아와 보니 마루에서 놀고 있어야 할 아버지가 없었다. 안방에는 엄마도 없었다. 아버지는 머리를 다친 뒤로 한 번도 혼자서 집 밖으로 나간 적이 없었다. 아버지는 마치 대문을 열고 나가면 땅에는 지뢰가 매설돼 있고, 머리 위에서는 폭탄이 쏟아지기라도 할 것처럼 외출을 무서워했다. 내가 있으니까 안심하라고 해야 내 손이 으스러질 만큼 꽉 잡고 걸었다. 그래 봐야 새로 들어선 아파트 옆의 산책로 쪽으로 몇 번 가 봤을 뿐이지만.

엄마가 아버지를 데리고 산책 나갔나? 그럴 리가 없다고 생각하면서도 그랬으면 좋겠다고 생각했다. 엄마한테 전화를 걸어 봤지만 엄마 전화벨은 안방 화장대 위에서 울렸다.

초조한 마음으로 아버지와 엄마를 기다렸다. 그런데 오후 5시가 넘어서 엄마 혼자 들어왔다. 엄마는 뭐에 쫓기듯 불안한 얼굴로 대문을 잠그고 집 안으로 들어왔다가 다시 나가 대문을 활짝 열어 놓았다.

"아버지 어디 가셨어?"

엄마는 냉장고에서 생수통을 꺼내 입에 대고 벌컥벌컥 마셨다. 생수 한 통을 다 마시고 난 엄마가 영혼이 다 빠져나간 듯한 얼굴로 말했다.

"니 아버지 오전에 나갔는데 아무리 찾아봐도 없어."

가슴이 철렁 내려앉았다. 아버지를 잃어버린 건가? 그런 상상을 수없이 많이 했지만, 막상 이렇게 현실로 닥치니 눈앞이 깜깜해졌다.

"어떻게 된 건데? 자세히 좀 말해 봐, 엄마."

"너 학교에 가고 나서 아버지가 나한테 오더니 자꾸 밖에 나가자는 거야. 만사가 귀찮아서 싫다고 했는데 하도 졸라 대길래, 나가려면 당신 혼자 나가라고 소리 지르고 그냥 자 버렸어. 점심때쯤 목이 말라서 일어나 보니까 아버지가 없는 거야. 지붕에도 없었어. 온 동네를 다 뒤져 봐도 없더라구. 아파트 공사장에도 가 보고 새 아파트 단지까지 이 잡듯 뒤졌는데도. 여태껏 네 아버지 찾다 오는 길이야. 일단 경찰에 신고했으니까 기다려 보자."

엄마는 의외로 침착했다. 할 만큼 다 했으니 이제는 하늘의 뜻에 맡기자고 말하는 말기 암 환자의 보호자 같았다. 하지만 나는 가만히 앉아서 기다릴 수가 없었다. 아버지를 찾으러 밖으로 나갔다.

골목골목을 다 뒤지고 다녔다. 빈집에도 들어가 봤다. 빈집에는 쓰다 만 살림살이들이 뒹굴었다. 음식 찌꺼기가 찐득찐득 달라붙어 있는 냉장고, 스프링이 튀어나올 것 같은 침대

매트리스, 네 귀퉁이가 낡아 빠진 식탁, 옷가지들과 교과서들과 수첩, 이 빠진 그릇, 찢어진 운동화 한 짝, 때가 낀 플라스틱 바구니들. 그런 물건들이 저를 버리고 간 주인을 기다리는 애완견처럼 애잔한 표정으로 그 자리에 꼼짝도 하지 않고 있었다. 여름내 자란 잡풀들이 잡동사니 사이를 비집고 올라와 빈집은 더 을씨년스러웠다.

사람이 다녀간 흔적이 있는 빈집도 있었다. 매트리스 위에 그럴듯한 이부자리가 깔려 있고 그 옆에는 컵라면 용기나 맥주 캔, 담배꽁초 따위가 어지럽게 흩어져 있었다. 가출한 애들이 빈집을 찾아다니며 살고 있는 모양이었다. 하지만 나는 우리 동네에서 한 번도 그 애들을 본 적이 없었다. 허물을 벗어놓고 도망간 뱀처럼, 그 애들은 언제나 흔적만 남기고 아침에는 감쪽같이 사라졌다.

붉은 글씨로 '철거'라고 쓰인 벽을 손으로 훑으며 골목을 빠져나왔다. 골목 어디쯤에서 어린아이들의 노랫소리가 들려올 것만 같았다.

두껍아, 두껍아 헌 집 줄게, 새 집 다오.
두껍아, 두껍아 헌 집 줄게, 새 집 다오.

빈집이 끝나는 지점은 땅이 파헤쳐지고 다져진 공터였다. 포크레인 여러 대가 붉은 흙을 파냈고 대형 트럭들은 그 흙을 어디론가 열심히 실어 날랐다. 넓은 공터에는 철근들이 거대한 설치 미술품처럼 박혀 있었다. 거기에도 아버지는 없었다.

아버지가 갈 만한 곳을 생각해 봤다. 그러나 아무리 생각해도 떠오르지 않았다. 아버지는 평생 이삿짐을 나르느라 여기저기 돌아다녔다. 이삿짐 트럭은 집 근처 빈터에 세워 두었고, 사무실도 따로 없었다.

아버지가 자주 이삿짐 트럭을 세워 두던 빈터에는 쇼핑센터가 들어섰다. 똑같은 크기에 똑같은 모양의 점포들이 무표정한 로봇들처럼 일렬로 늘어서 있었다. 아직 공사 중인 쇼핑센터 근처를 다 찾아봐도 아버지는 없었다.

날이 점점 어두워지고 있었다. 공기도 쌀쌀해졌다. 아버지는 분명히 집에서 입는 헐렁한 반소매 셔츠와 트레이닝복을 입고 아마 양말도 신지 않은 채 맨발에 슬리퍼를 끌고 나갔을 거다. 아까 현관을 보니 아버지가 마당에 나갈 때 신는 삼선 슬리퍼가 없었다.

어둠이 짙어지는 만큼 두려움도 짙어졌다. 만약 아버지를 찾지 못한다면? 아, 그런 생각은 하지도 말자. 아버지는 멀리 가지 못했을 거야. 겁이 많으니까 어쩌면 지금쯤 집에 돌아와 있을지도 몰라.

거기까지 생각하다 문득 이런 생각이 들었다.

찾으면 어떡하지?

아버지를 찾으면, 그다음엔 어떻게 하지? 지금 우리 집은 완전 파산 상태다. 이제 곧 집도 비워 줘야 한다. 집을 비워 달라는 경고장이 건설 회사 쪽에서 몇 번이나 날아왔다. 아버지는 이제 돈도 벌지 못하고 더구나 돌봐야 할 환자다. 우리가 아버지를 버린 것도 아니다. 아버지가 스스로 집에서 나간 거다. 그리고 엄마와 나는 찾는 데까지 찾아봤다. 못 찾으면 할 수 없는 거다. 양심의 가책, 느낄 필요가 없다.

저 멀리 공사 현장에는 짙은 어둠이 깔렸고, 우리 동네 도로변에는 휘황찬란한 불빛들이 빛나고 있었다.

집을 향해 걸으면서 주문을 외듯 중얼거렸다.

'이건 유기가 아냐, 어디까지나 아버지가 집을 나간 거야, 어느 보호소에서 잘 돌봐 주고 있겠지, 설마 돌아가시기야 하겠어?'

발밑에 압정이 박혀 있는 것처럼 걸을 때마다 발바닥이 따끔거렸다.

현관으로 들어서면서 혹시나 했지만 아버지의 삼선 슬리퍼는 없었다. 엄마는 문소리가 나자 현관 앞까지 나왔다가 나 혼자 들어서는 것을 보고는 실망했는지 한숨을 푹 내쉬며 소파에 가서 앉았다. 마루에는 아버지가 가지고 놀던 장난감들이 어지럽게 흩어져 있었다.

나는 엄마 옆에 앉았다.

똑딱똑딱 시계 초침 소리가 절망을 향해 달려가듯 불안하게 울렸다. 집 안은 끔찍한 정적에 휩싸여 있었다. 정적에 목이 졸려 질식할 것만 같았다.

밤 12시가 다 되도록 현관문은 열리지 않았다. 전화벨도 울리지 않았다.

엄마는 시계에서 열두 번째 종소리가 울리자마자 기다렸다는 듯이 자리에서 벌떡 일어났다.

"네 아버지 안 돌아오면 억지로 찾지 말자."

엄마는 입을 굳게 다물고 주먹을 꽉 쥐었다. 그 주먹에서 어떤 단단한 결의 같은 게 느껴졌다.

엄마는 대문을 잠그고, 집 안으로 들어와 현관문도 단단히 잠갔다. 그건 마치, 당신은 이제부터 절대 이 집에 들어오면 안 돼, 라고 말하는 것 같았다. 엄마는 안방으로 들어가 불을 껐다.

나는 거의 뜬눈으로 밤을 새웠다. 잠이 올 리가 없었다. 눈을 감으면 "작은형아."라고 애절하게 부르는 아버지 목소리가 들려왔다. 밖에서는 지붕 위에 올라간 아버지가 "이랴, 이랴." 하고 말을 달리는 소리가 들려왔다. 바람도 없고 차 소리도 들리지 않는 조용한 밤이었지만, 환청 때문에 도저히 눈을 붙일 수가 없었다.

한 시간이 하루만큼 길었다. 영원히 날이 밝을 것 같지 않았지만, 날은 어김없이 밝았다.

엄마도 밤새 잠을 설쳤는지 새벽부터 화장실로, 마루로, 부엌으로 왔다 갔다 하는 소리가 들렸다. 엄마 얼굴을 똑바로 볼 수가 없었다. 엄마도 내 얼굴을 똑바로 보지 못했다. 우리는 서로 외면했다.

새벽 미명이 사라지고, 푸른빛의 공기가 사방을 가득 채웠을 때, 누가 대문을 두드렸다.

쾅, 쾅.

엄마와 나는 동시에 마주 보았다. 엄마 얼굴에서 반가움과 절망감이 동시에 나타났다. 아마 내 얼굴도 분명 그랬을 거다. 그 짧은 순간 마주친 우리의 눈빛에는 범죄를 들킨 것에 대한 절망감과 이제 더는 불안에 떨지 않아도 된다는 안도감이 내비쳤으리라.

엄마가 맨발로 뛰어나가 대문을 열었다.

경관 두 명이 아버지 양쪽 팔을 잡고 문 앞에 서 있었다. 흉악한 범죄를 저지른 범인을 잡아 현장 검증을 하러 나온 뉴스 속의 한 장면 같았다. 아버지는 집에서 입는 목이 늘어난 티셔츠에 무릎이 나온 트레이닝 바지, 맨발에 삼선 슬리퍼를 신고 있었다. 어디서 얻어맞았는지 눈 주위가 시퍼렇게 멍들어 있었고, 옷은 더러웠다. 발에는 시커먼 때가 잔뜩 묻어 있고, 머리는 부스스했다. 단 하루 만에 이렇게 달라진 모습으로 돌아온 아버지가 낯설어 잠시 멍하니 바라보고만 있었다.

경관 한 명이 엄마에게 거수경례를 하고 나서 말했다.

"이 집이 길재덕 씨 집 맞습니까?"

엄마는 경관은 보지도 않고 멍한 눈으로 아버지를 바라보며 건성으로 고개를 끄덕였다.

다른 경관이 아버지 등을 엄마 쪽으로 밀면서 말했다.

"오늘 새벽 우리 지구대로 넘어왔습니다. 다행히 실종 신고된 분과 인상착의가 일치해서 모시고 왔습니다. 길재덕 씨, 여기가 당신 집 맞아요?"

아버지가 고개를 대문 안쪽으로 들이밀더니 고개를 끄덕거렸다. 경관들은 또다시 거수경례를 하고 나서 순찰차를 타고 가 버렸다. 아버지는 걸어서 대문을 넘어왔다.

"어떻게 된 거예요? 어디 갔다 왔어?"

집 안으로 성큼성큼 걸어 들어가는 아버지 뒤를 따라가며 엄마가 다그쳤다. 아버지는 마루로 가더니 환한 얼굴로 마루에 흩어져 있는 장난감들을 만졌다.

"어디 갔다 왔느냐고? 어서 말해 봐요."

엄마가 아버지 옆에 쪼그리고 앉아 또 다그쳤다. 아버지는 장난감들이 무사히 잘 있는 것을 일일이 확인한 뒤, 장난감을 만지작거리며 말했다.

"한남동 갔었어. 큰형아 찾으러."

엄마가 그 자리에 털썩 주저앉았다. 아이고머니나, 엄마가 신음 같은 소리를 뱉어 냈다. 한남동이라면, 혹시 우리가 살던 옛집?

이 동네로 오기 전 우리는 한남동에서 살았다고 했다. 내가 태어나기 전이었다. 아버지와 엄마가 결혼해서 처음 자리를 잡은 곳은 한강이 훤히 내려다보이는 한남동 언덕바지 낡은 셋집이었다. 방 한 칸에 공동 화장실을 쓰는 그 집에서 아버지와 엄마는 신혼살림을 시작했다. 형도 그 집에서 낳았다. 그 집까지 가려면 계단을 60개나 올라가야 해서 '육십 계단 집'이라고 불렀다던 그 집을 아버지는 아직도 잊지 않고 있었던 거다. 벌써 30년이 다 되어 가는데.

"아이고, 이 양반아. 거기가 어디라고 가, 가길……."

엄마가 아버지 등을 탁탁 치며 울 것 같은 얼굴로 말했다. 아버지는 머리를 긁적거렸다.

"찾아갈 수 있는데……."

엄마가 정색을 하고 물었다.

"그래, 가서 명이 찾았어요? 우리 명이가 거기 있던가요?"

아버지는 금세 풀이 죽어 고개를 푹 떨구었다.

"아니. 우리 집 없어졌어. 아무리 찾아도 없어. 나 분명히 거기 기억나는데. 삼거리에서 쭉 올라가다 보면 계단이 나오고 계단 올라가면 세 갈래 길 나오는데, 그 가운데 길로 가면 좁은 골목길 나오고, 그 길 따라 계속 가면 막다른 골목 끝에서 세 번째 집인데. 근데 없어졌어. 골목길도 없어지고 우리 집도 없어지고 동네도 다 없어졌어. 없어지고 새 집 생겼어. 높고 큰 집들 생겼어."

엄마가 놀란 눈으로 나를 돌아다봤다. 그 눈에 공포가 가득했다.

"동이야, 네 아버지 기억 돌아왔나 보다. 정확히 기억하네."

아버지가 젊었을 때를 기억했다면 엄마 말대로 기억이 돌아왔는지도 모른다. 반가움과 두려움이 교차하는 심정으로 아버지에게 물었다.

"아버지, 내가 누구야?"

아버지가 나를 빤히 보며 말했다.

"작은형아."

어휴, 엄마가 땅이 꺼져라 한숨을 내쉬었다.

엄마는 아버지한테 이것저것 물었다. 거기까지는 어떻게 갔느냐, 가서 또 무엇을 봤느냐, 어젯밤에는 어디서 잤느냐, 눈가에 멍은 왜 들었느냐, 지구대까지는 어떻게 가게 됐느냐. 하지만 아버지는 아무것도 기억하지 못했다. 장난감이 제대로 다 있는지 확인한 뒤에는 졸리다면서 바닥에 누우려고 했다.

엄마는 아버지가 눕지 못하게 아버지 몸을 받쳐 올리며 나한테 말했다.

"동이야, 욕조에 뜨듯한 물 좀 받아라. 아버지 씻겨야겠다."

왠지 모르지만 엄마 얼굴도, 목소리도 들뜨고 밝아졌다.

나는 화장실에 가서 욕조에 물을 받았다. 김이 나는 따듯한 물이 욕조에 차올랐다. 아버지가 좋아하는 비누 거품도 듬뿍 풀었다.

아버지가 옷을 벗고 욕조에 들어갔다. 비누 거품을 보자 아버지는 또 좋아서 비누 거품 장난을 했다. 손바닥 가득 비누 거품을 모아 불기도 하고 비누 거품을 머리에 발라 닭 볏을 만들기도 했다. 가끔 내 얼굴에도 비누 거품을 묻혔다.

"아버지, 등 밀어 줄게. 돌려."

아버지가 앉은 채로 순순히 돌아앉았다.

빨래판 몇 개는 펼쳐 놓은 것 같은 넓은 등짝이 눈앞에 나타났다. 이렇게 투박한 몸도 아기처럼 보드라울 때가 있었겠지. 상처 하나 없이 싱싱할 때도 있었고, 아직 그려야 할 공간이 많이 남은 도화지처럼 설레는 몸이었을 때도 있었을 텐데. 하지만 지금은 그려야 할 여백도 없고, 이미 그린 그림은 다시 지울 수 없을 만큼 세월이 남긴 흔적이 너무 진해져 버렸다.

욕조에서 비누 거품을 가지고 천진난만하게 놀고 있는 아버지를 보자 아버지와 놀던 기억이 떠올랐다. 어릴 때부터 힘이 세다는 아버지는 큰 손으로 나를 번쩍 들어 올리길 좋아했다. 아버지는 나를 두 손바닥 위에 올려놓고 빙빙 돌렸다. 처음에는 무서웠지만 점점 재미있어졌다. 내 몸이 날개를 달고 공중에서 붕붕 날아다니는 것 같았다.

아버지는 목말도 태워 줬다. 나를 번쩍 들어 올려 어깨 위에 올려놓으면 나는 두 다리로 아버지의 가슴을 힘껏 박차며 소리쳤다. 이랴, 이랴. 달려라, 달려.

함께 목욕탕에 가면 아버지는 그 큰 손으로 내 몸의 때를 북북 밀었다. 살가죽이 벗겨질 만큼 아팠다. 내가 아프다고 징징거리면 아버지는 내 등짝이나 허벅지를 사정없이 찰싹찰싹 때렸다. 아버지 손바닥 크기만 한 시뻘건 손자국이 몸에 그림자처럼 찍히는 게 싫어서 아버지하고 목욕탕에 가지 않으려고 발버둥을 쳤다.

생각해 보면, 아버지와의 기억이 없는 건 아니다. 단지 기억하지 않으려고 했던 것뿐. 조각난 기억들이 하나하나 제 짝을 찾아 떠오른다. 그리고 그 기억들은 지금 아버지 몸에 붙어 있는 이 비누 거품처럼 풍성하고 부드럽다.

"아버지."

"응?"

"왜 큰형 찾으러 간 거야?"

"큰형아 우리 식구잖아. 식구가 없어졌는데 찾아야지."

아버지 등에는 형에게 맞은 멍 자국이 아직도 희미하게 남아 있었다. 나는 샤워젤을 수건에 듬뿍 묻혀 아버지 등을 닦아 주었다. 하지만 몇 번을 닦아도 멍은 지워지지 않았다.

"아버지."

"응?"

"뭐 생각나는 거 없어?"

"뭐?"

"그냥, 아무거나. 어렸을 때."

"나 여섯 살 때, 냇가에서 놀았어. 물고기 잡아서 고무신에 넣었어. 열 마리나 잡은 적도 있었어. 냇물에서 헤엄도 쳤다. 근데 거머리가 내 똥꼬 속으로 들어갔어. 아, 무서워서 죽는 줄 알았네. 근데 우리 형아가 내 똥꼬에서 거머리 빼 줬어. 우리 형아, 좋아."

아버지 형아라면 큰아버지다. 큰아버지는 5년 전에 암으로 돌아가셨다. 아버지에게도 그런 어린 시절이 있었나. 아무것도 모르고 벌거숭이인 채 물에서 장난을 치고 물고기를 잡고, 똥꼬에 거머리가 들어가서 울던 시절이.

현실의 시간은 그때부터 53년이 더 흘렀지만, 아버지의 시간은 그때부터 1년밖에 안 지났다. 아버지의 눈이 진짜 일곱 살짜리 아이처럼 반짝반짝 빛났다.

"나 딱지 되게 잘 친다. 우리 동네 애들 딱지 다 땄어. 깡통으로 한가득 모았는데. 그 깡통 어딨더라?"

아버지는 주위를 두리번거렸다. 50년도 더 지난 딱지 깡통이 있을 리가 없다. 하지만 아버지의 기억 어딘가에는 분명 그 딱지 깡통이 있을 거다.

잃어버린 그 시간을 아버지에게 어떻게 설명해 줘야 할지 모르겠다. 아버지는 어차피 설명해 줘도 모를 텐데. 59년의 시간이라는 긴 끈은 7년만 남기고 싹둑 잘려 나갔다고, 그래서 아버지에게 남아 있는 시간은 처음의 7년과 얼마큼 남아 있을지 모르지만 앞으로의 시간뿐이라고, 그 중간에 있던 시간들, 기억들, 추억들은 이제 찾을 수 없다고, 그러니 뒤에 남아 있는 시간만이라도 행복하라고.

눈으로 화장실 여기저기를 훑으며 딱지 깡통을 찾던 아버지는 포기했는지 다시 비누 거품을 가지고 놀았다.

"아버지."

"응?"

"큰형 안 미워?"

"안 미워."

"정말?"

"응, 큰형 좋아. 사랑해."

다치기 전의 아버지는 이러지 않았다. 결코 다정하고 인자한 성격이 아니었다. 신경질적이고 사나웠다. 아버지는 모든 잘못을 다른 사람에게 돌렸다. 일을 못하는 일꾼들에게 화를 냈고, 인색하고 깐깐한 이삿집 주인들에게 화를 냈고, 마음에 들지 않는 식구들에게 화를 냈다. 밖에서 기분 나쁜 일이 있거나 스트레스가 쌓이면 그것을 집에 와서 고스란히 풀었다.

그런데 일곱 살의 아버지는 전혀 달랐다. 형한테 맞은 것도 자기 탓으로 돌릴 만큼 너그러워졌다. 앞으로 얼마나 많은 삶이 남아 있을지 모르지만, 앞으로 남은 아버지의 삶도 지금과 같을 거라고 믿고 싶다.

"아버지."

"응."

"아버지가 돌아와서 참 좋다."

그건 진심이었다. 새벽까지만 해도 아버지가 돌아오지 않길 은근히 바랐는데, 지금 이렇게 아버지를 씻기고 있으니까 아버지가 돌아와서 정말 다행이라는 생각이 들었다.

"나도 좋아. 우리 집 좋아. 우리 식구들도 다 좋아."

"다음부턴 큰형 찾으러 가지 마."

"왜?"

"큰형도 아버지처럼 집 찾아올 거야. 그때까지 기다리자."

아버지가 고개를 끄덕였다.

"응, 그러자."

엄마는 아버지를 위해 아침을 준비했다. 집 안에 고기 굽는 냄새, 된장찌개 끓는 냄새가 가득했다.

우리는 모처럼 함께 아침밥을 먹었다. 아버지는 며칠 굶은 것처럼 게걸스럽게 밥을 먹었다. 여전히 고기만 집어 먹었고, 여전히 밥을 반이나 흘렸다. 하지만 엄마도 나도 그런 아버지를 구박하지 않았다. 아버지는 밥을 두 그릇이나 먹고 나서 마룻바닥에 드러누웠다. 눕자마자 드르렁드르렁 코를 골았다. 엄마는 방에서 이불을 가져다 아버지를 덮어 주었다.

내가 학교 갈 준비를 하는 동안 엄마는 방에 들어가 화장을 했다. 오늘부터 가게에 나가 보겠다고 했다. 지난밤 엄마가 무슨 생각을 하며 뜬눈으로 밤을 새웠는지 알 것도 같았다. 엄마도 공범자였으므로, 아버지가 돌아왔을 때 나랑 똑같은 심정이었을 거라고 생각한다.

밀고자

"야, 길동이!"

맞은편에서 오는 발광수를 피해 잽싸게 교실로 들어가려다가 딱 걸리고 말았다. 발광수의 눈은 언제나 내 행동보다 빠르다.

발광수가 찢어진 눈으로 나를 노려보며 말했다.

"뭐 이상한 낌새 없어?"

나는 정말 아무것도 모르겠다는 듯 순진하게 눈을 껌벅거리며 물었다.

"뭐가요?"

발광수가 내 등을 톡톡 치며 말했다.

"오미령 말야. 그 뒤로 통 움직임이 없어서 오히려 더 불안하단 말이지."

가슴이 철렁 내려앉았다. 10월 마지막 날의 여행. 발광수, 뭔가 알고 있는 건 아닐까?

"없습니다."

발광수는 의심이 가득한 눈빛으로 물었다.

"정말이야?"

"네."

"좀 이상한데?"

"뭐가요?"

"너 뭔가 숨기고 있는 것 같은 표정인데. 진짜 이상한 낌새 없냐?"

학생부 담당 20년이면 반 점쟁이가 된다더니, 정말 귀신 같다.

나는 발광수를 피해 옆으로 슬쩍 몸을 뺐다. 더 붙잡혀 있다가는 내 입에서 무슨 말이 나올지 두려웠다. 다행히 발광수는 나에 대한 관심이 멀어졌는지, 복도에서 냅다 뛰는 한 녀석을 부리나케 잡았다. 녀석은 뛰다 말고 발광수에게 뒷덜미를 잡혀 급정거를 해야만 했다. 그 틈에 나는 냉큼 교실로 들어갔다.

발광수는 오미령에게 조금이라도 이상한 낌새가 있으면 재깍 보고하라고 했다. 미령이는 카페 아이들과 여행을 떠난다. 지난번 학교에 다닐 때, 변심한 회원 때문에 떠나지 못한 자살 여행을 떠나려 하는 거다. 어쩌면 이번에는 또다시 실패

하지 않기 위해 철저하게 준비했을지도 모른다. 10월 마지막 날, 미령이까지 세 명이 이 세상에서 사라질지도 모른다. 이 여행, 어떻게 해서든 막아야 한다. 내 힘으로 안 되면 발광수의 힘으로, 발광수도 막을 수 없다면 미령이 부모님에게 알려서라도.

희우한테라도 말해 볼까?

희우 자리로 갔다. 희우는 평소답지 않게 죽을상을 하고 앉아 있었다.

"얼굴이 왜 그래?"

"아주 죽겠다."

"왜?"

"그 껍딱지 때문에. 나 아무래도 그 껍딱지한테 말려든 거 같다."

희우는 말없이 주머니를 뒤지더니 500원짜리 동전을 꺼내 내 손에 쥐여 주었다.

이게 뭔가 싶어 동전을 내려다보고 있는데 희우가 자리를 박차고 일어나며 말했다.

"네가 이겼어. 나 그 껍딱지 못 떼어 내겠다. 내 연애 역사상 이런 일은 처음이야. 그런 별종도 처음이고. 나 아무래도 껍딱지한테 정착할 거 같다."

영원히 바뀌지 않을 것 같은 희우의 연애관이 드디어 바뀌는구나. 이런 날이 오다니, 역시 세상은 오래 살고 볼 일이다.

"야, 축하한다."

그 껌딱지는 도대체 어떤 인물이길래 천하의 바람둥이 희우를 이렇게 만들었는지 궁금해졌다.

"사진 있냐?"

희우가 고개를 저었다.

"아니. 여태까지 모았던 다른 애들 사진도 다 삭제했어."

"어떤 앤데 네가 이렇게 푹 빠졌냐?"

"별 볼 일 없어. 키도 작고 못생기고."

좀 의외다. 지금까지 희우가 사귄 애들은 대부분 키가 크고 얼굴도 예쁜 퀸카급이었다.

"그러니까 더 궁금하네."

"신경 꺼라. 아무한테도 안 보여 줄 거니까."

희우는 표정부터 바뀌었다. 건들거리고 진심이 없어 보였던 표정이 고뇌에 가득 찬 햄릿형 얼굴로. 역시 위대한 사랑의 힘이란 희우마저 변하게 하는구나.

사랑에 빠져 버린 희우에게 초를 치는 것 같아서 미령이 얘기는 꺼내지도 못했다.

이제 마지막 남은 사람은 발광수. 굳게 마음먹고는 수업이 끝나자마자 학생부실로 내려갔다.

학생부실은 여전히 살벌했다. 벽 쪽에 무릎 꿇고 앉아 벌서는 아이들, 무표정한 얼굴로 대충 바닥을 쓸고 있는 아이들, 험상궂은 표정으로 왔다 갔다 하는 학생부 선생들.

발광수는 자리에 없었다. 기다려야 하나 말아야 하나 고민하고 있는데, 지나가던 학생부 선생이 나를 보더니 통명스럽게 물었다.

"뭐냐?"

"저 손광수 선생님 좀…….”

학생부 선생이 발광수 자리를 힐끔 보더니 귀찮아하는 얼굴로 말했다.

"상담실에 계신다. 들어가 봐.”

나는 상담실 쪽으로 걸어갔다. 목덜미가 뻣뻣해지고, 발목에 모래주머니를 매단 것처럼 발걸음이 무거웠다.

상담실 앞에 서자 왠지 또 망설여졌다. 지금 저 문을 열고 들어가면 발광수가 있다. 발광수에게 미령이의 여행 계획을 말한다. 그러면 미령이는 살 수 있다. 하지만 미령이와 내 관계는 끝난다. 미령이는 나를 죽이려고 할 거다. 그러나 문제는 그게 아니다. 미령이가 죽는 거나, 미령이와 만나지 못하는 거나, 어차피 미령이를 잃게 되는 건 마찬가지다. 지금은 미령이를 살리는 게 급선무다.

문을 두드리려고 팔을 들었다. 하지만 문을 두드릴 수가 없었다. 꼭 적국에 나라를 팔아먹으려고 적장을 만나러 간 매국노가 된 기분이었다.

만약 발광수가 어찌어찌해서 미령이의 자살을 막는다면, 그렇다고 미령이가 자살을 포기할까? 한 번 자살을 시도했다가 실패한 사람은 다음에 또 시도한다고 한다. 매운 음식을 먹는 것처럼 자살 시도도 중독인가 보다. 결국 죽을 사람은 어떻게 해서든 죽게 돼 있다. 괜히 얘기했다가 오히려 미령이의 분노만 사는 건 아닐까?

이런 생각에 상담실 앞에서 문을 두드릴까 말까 고민하고 있는데 갑자기 문이 벌컥 열렸다. 안에서 발광수가 나오다 말고 흠칫 놀랐다. 발광수를 보자 온몸에 소름이 끼쳤다.

발광수가 물었다.

"무슨 일이냐?"

"저기, 딸꾹, 드릴 말씀이, 딸꾹."

갑자기 딸꾹질이 나왔다.

발광수가 고개를 안쪽으로 까딱해 보이며 말했다.

"들어와."

의자에 앉아 나를 바라보는 발광수의 눈빛이 날카로웠다. 막상 발광수 앞에 앉으니 입이 떨어지지를 않았다. 역시 밀고는 쉬운 일이 아니다. 발광수는 말없이 내 입이 열리기를 기다리고 있었다.

"선생님, 딸꾹, 저기, 다름이 아니라, 딸꾹."

딸꾹질 때문에 말을 제대로 할 수가 없었다. 내가 계속 딸꾹질만 하자 발광수가 미간을 찌푸렸다.

"뭐야? 빨리 말해. 시간 없어."

미령이가, 딸꾹, 자살 여행을, 딸꾹, 떠납, 딸꾹, 니다, 딸꾹,

제발, 딸꾹, 말려, 딸꾹, 주세요, 딸꾹.

발광수가 내 앞으로 바싹 얼굴을 들이댔다. 명태 대가리처럼 비쩍 마른 얼굴에서 독사 같은 눈이 유독 번뜩였다.

나는 최대한 목소리를 낮춰, 일급비밀을 토설하듯 말했다.

"지난번 것보다 더 쎈 거 있는데 보내 드릴까요?"

거짓말처럼 딸꾹질이 멈췄다.

자살 여행

　꿈도 꾸지 않는 잠은 죽음과도 같다. 잠을 자면 모든 의식이 멈춘다. 잠 속으로 떨어졌다가 현실로 돌아오는 시간은 일고여덟 시간쯤 되는 긴 시간이지만, 나에게는 딸깍, 하는 찰나의 순간이다. 밤마다 나는 죽고, 아침마다 나는 살아난다.

　죽는 것도 잠을 자는 것과 같은 거라고 생각한다. 완벽한 무(無)의 세계. 감각도 죽고, 의식도 죽고, 그래서 자신이 살아 있다는 것도 인식하지 못하는 것.

　아침에 눈을 뜰 때마다 나는 죽었다가 살아난 것처럼, 아주 잠깐이나마 모든 것이 낯설고 새로운 상태를 느낀다. 비록 그 찰나의 순간이 지나면 끔찍하기만 한 현실이 내 몸에 먹물처럼 번져 오지만, 적어도 잠에서 깨어나는 그 순간의 느낌만큼은 좋다.

눈을 뜬 채 침대에 누워 생각했다. 여기는 어디지? 나는 누구지? 오늘은 어떤 날이지?

눈보다 느리게 깨어난 나의 뇌는 천천히 현실을 인지했다. 나는 길동이, 여기는 우리 집, 오늘은 10월의 마지막 날. 누군가에게는 생애 첫 번째 날이 될 수도 있고, 누군가에게는 생애 마지막이 될 수도 있는 그런 날.

벽에 걸린 시계를 보니 새벽 4시 25분이었다. 창문 밖에는 옅은 안개가 불투명한 유리처럼 깔려 있었다.

발광수에게 미령이의 자살 여행을 말하지 않은 이유는, 나도 그 여행에 동참하기 위해서였다. 발광수의 매 같은 눈을 보는 순간 결심했다. 나도 따라가기로.

양심의 가책을 느낀 밀고자의 변심이었나? 나라를 팔아먹을 수는 없다는 매국노의 마지막 양심 같은 거였나? 왜 그런 생각이 들었는지 모르겠다. 발광수에게 말하면 안 될 것 같았고, 내가 따라가야 할 것만 같았다.

6시까지 잠을 이루지 못하다가 자리에서 일어나 짐을 챙겼다. 속옷 한 벌, 양말 한 켤레, 갈아입을 평상복 한 벌. 1박 2일 여행이니까 이거면 충분하다. 비상금으로 거울 뒤에 감춰 뒀던 돈도 꺼내 가방에 넣었다.

방을 깨끗이 정리하고 침대 위 이불도 가지런히 펴 놓았다. 방에서 나오기 전, 내가 다시 이 방에서 잠을 잘 수 있을까, 아주 잠깐 그런 생각을 했다. 내일 일은 나도 모른다. 바로 한 치앞도 내다보지 못하는데, 내일은 정말 먼 미래다.

마루에서 자고 있는 아버지에게 이불을 덮어 주고, 여행 다녀오겠다는 짤막한 메모를 냉장고에 붙여 놓고 집에서 나왔다.

아파트 공사장에는 굴삭기들이 괴물처럼 서 있었다.

한 세계가 무너지고, 또 한 세계가 생겨난다. 아주 오래전부터 이 땅에서는 그런 일들이 반복됐다. 다른 세계가 생기려면, 오래되고 낡은 세계는 사라져야만 한다. 낡은 세계는 살아 있는 사람들의 기억 속 어딘가에 남아 있지만, 꺼내지 않으면 그마저도 점점 사라져 버린다.

나는 곧 사라져 버릴 낡은 세계를 성큼성큼 밟으며, 곧 세워질 세계를 성큼성큼 밟으며, 버스 정류장으로 걸어갔다.

아침인데도 영등포역에는 여행객들이 많았다. 알록달록한 등산복을 입은 중년 아저씨 아줌마부터 말끔하게 차려입은 젊은 사람들, 짐 보따리를 든 할머니 할아버지들이 설레거나 지루한 표정으로 앉아 있었다. '더 빨강' 회원들은 보이지 않았다. 그날 미령이는 분명히 10월 마지막 날 오전 8시, 영등포역이라고 했다. 약속 시각까지는 아직 시간이 조금 남아 있었다.

맨 먼저 도착한 사람은 미령이였다. 미령이는 회색 후드티 셔츠에 검은색 스키니진, 검은색 스니커즈 차림이었다. 큼지막한 갈색 가방을 멘 채 매표소 쪽에서 주위를 두리번거리던 미령이는 내가 다가가자 화들짝 놀랐다.

"안 온다더니?"

미령이는 믿을 수 없다는 듯이 나를 바라봤다.

"내가 언제? 안 온다는 말은 안 했다."

미령이는 묻히고 온 다른 사람이라도 있나 검사하는 것처럼 내 뒤쪽과 옆쪽을 힐끔거렸다.

"아무도 없어. 나 혼자야."

그제야 미령이가 빙긋 웃으며 손을 내밀었다.

"아무튼 반가워."

미령이의 손을 잡았다. 손이 얼음장처럼 차가워서 깜짝 놀랐다.

곧 마파두부와 고추조아가 함께 나타났다. 두 사람은 불룩한 배낭을 메고 상자 하나를 같이 들고 왔다. 오랜만에 보는 마파두부는 그새 키가 더 크고 얼굴에는 여드름이 두 배는 더 늘어난 것 같았다. 그 옆에 서 있는 고추조아는 오늘도 얼굴에 밀가루를 발라 놓은 것 같은 하얀 갸루 화장에 원래 눈 크기를 알 수 없을 정도로 진한 스모키 화장을 하고 나왔다.

마파두부가 나를 보더니 전혀 반갑지 않은 표정으로 내 어깨를 툭 쳤다.

"왔냐? 그러잖아도 짝이 안 맞아 좀 섭섭했는데."

고추조아는 손을 들어 앙증맞게 흔들어 보이는 것으로 인사를 대신했다.

세 사람의 표정은 밝았다. 지난번에 지구대에서 부모들한테 끌려갈 때는 금세 죽을 것 같은 표정이더니. 하긴, 죽는 사람은 죽기 전까지 '나 오늘 죽습니다.'라고 절대 표시하지 않는다고 한다. 하지만 어떤 형태로든 신호를 보낸다는데, 애들은 어떤 신호를 남겨 놓고 이 자리에 왔는지 궁금했다.

미령이가 기차표를 끊어 왔다. 기차표에 '여수 엑스포역'이라고 적혀 있었다. 여수 엑스포역? 그렇다면 여수?

미령이가 표를 나눠 주며 의미심장하게 말했다.

"오늘 우리는 세상 끝으로 가는 거야."

마파두부와 고추조아가 결연한 얼굴로 고개를 끄덕이며 표를 받았다. 나도 얼떨결에 표를 받았다.

내 생애 첫 여행이 하필이면 자살 여행이라니, 좀 씁쓸한 느낌이 들었다.

학교에서 갔던 수학여행은 여행이라고 할 수가 없다. 그건 단체 관광 같은 거다. 어디로 가는지도 모르고 따라가서 밤에는 실컷 놀다가 낮에는 차에서 정신없이 자는 여행. 시끄럽고 정신없고 도대체 뭘 보고 뭘 먹었는지 기억도 나지 않는다. 그런 여행 빼고 이렇게 멀리 열차를 타고 떠나는 여행은 처음이다. 우리 가족은 한 번도 다 함께 여행해 본 적이 없다. 아버지는 토요일이나 일요일이 가장 바빴고, 또 아버지 성격상 가족 여행은 꿈도 못 꿨으니까.

열차에 올라탔다. 앞자리에 마파두부와 고추조아가 앉고 나는 미령이와 나란히 앉았다. 마파두부와 고추조아는 이어폰 하나로 서로 음악도 듣고, 간식도 함께 나눠 먹었다. 앞자리에 앉아 아주 제대로 염장을 지르는 중이었다.

창가 쪽에 앉은 미령이는 주로 바깥 풍경을 구경했다. 열차가 도시를 벗어나자 논과 밭이 보였다. 하늘은 변화무쌍했다. 어느 곳에는 먹구름이 끼었고, 어느 곳에서는 비가 내렸다. 터널 같은 빗속을 지나가면 거짓말처럼 맑게 갠 하늘이 나타나기도 했다.

서로 과자도 먹여 주고, 시시덕거리고, 음악도 같이 듣던 바퀴벌레 한 쌍이 조용해졌다. 고추조아는 마파두부의 어깨에 기대어 잠들었고, 마파두부는 고추조아의 어깨를 긴 팔로 감싼 채 입을 벌리고 자고 있었다.

"왜 하필 여수야?"

창문에 머리를 기대고 밖을 내다보는 미령이에게 물었다. 그제야 미령이는 열차가 출발한 뒤 처음으로 고개를 돌려 나를 봤다.

"왜? 싫어?"

"아, 아니."

미령이가 뭔가를 생각하더니 나지막한 목소리로 말했다.

"지도를 보니까 여수가 끝이더라. 열차의 종착역. 더는 갈 데가 없는 곳. 세상의 끝이라는 거, 멋지지 않니?"

열차의 종착역과 삶의 마지막을 연결하다니, 다분히 소녀적

166

인 유치한 발상이다.

이번에는 미령이가 물었다.

"여수 가 봤어?"

"아니. 넌?"

"나도."

드디어 미령이와의 공통점을 찾았다. 우리는 둘 다 여수에 처음 가는 길이다. 공통점치고는 너무 빈약하지만.

미령이가 앞자리에서 자고 있는 고추조아를 물끄러미 바라보며 물었다.

"그동안 잘 지냈어?"

"응. 넌?"

"나도. 근데 왜 마음이 바뀌었어? 나더러 여행 가지 말라더니."

그걸 지금 대답해야 하나? 널 지키러 왔다고, 어떡하든 널 지키겠다고. 그걸 꼭 말해야 하나?

나는 대답 대신 그냥 피식 웃고 말았다. 미령이도 더 캐묻지 않고 의자 깊숙이 몸을 묻더니 눈을 감았다.

열차는 작은 도시를 지나고, 집들이 드문드문 박혀 있는 작은 농촌을 지나고, 추수가 끝난 텅 빈 가을 들판을 지나고, 단풍이 빛바랜 산을 지나 달리고 또 달려갔다. 그렇게 다섯 시간을 달려 드디어 여수에 도착했다.

역에 내리자마자 바다는 보이지 않고 바다 냄새만 왈칵 달려들었다. 가슴을 울컥하게 하는 진짜 바다 냄새였다. 경주로 수학여행 갔을 때 바다 냄새를 맡은 적이 있었다. 포항 근처를 달리던 버스 안에서였는데, 그때는 왠지 철 냄새가 섞여 있는 것 같았다. 포항이라는 지명 때문인지도 모른다. 그때 맡았던 냄새와 지금 냄새는 전혀 다르다. 그때 바다 냄새가 서서히 스며들었다면, 지금 바다 냄새는 갑자기 왈칵, 하고 달려들어 가슴을 울렁거리게 한다.

우리는 플랫폼에 잠시 서서 가슴을 활짝 펴고 바다 냄새를 맡았다.

나는 마파두부와 고추조아가 함께 들고 온 상자를 집어 들었다. 안에 뭐가 들어 있는지 상자는 꽤 무거웠다. 마파두부가 같이 들자고 했지만 나는 상자를 번쩍 들어 어깨에 걸쳤다. 솔직히 미령이에게 힘센 남자로 보이고 싶은 마음에서였는데 고추조아가 감동했다.

"어머, 불닭! 이렇게 멋진 남자였어?"

마파두부의 질투 어린 시선을 받으며 플랫폼을 빠져나왔다.

역사는 비닐 포장도 뜯지 않은 새 물건 같았다. 다섯 시간이나 달려왔는데도 도시에서 봤던 첨단 건물들이 바다를 가로막고 서 있었다.

여수 엑스포를 텔레비전에서 본 적이 있다. 최첨단 시대의 개막을 알리는 뭐 대단한 행사라도 되는 것처럼 나라 안이 온통 떠들썩했다. 텔레비전으로 보면 세상이 금방 달라질 것 같았다. 달나라를 여행하고, 컴퓨터로 만든 옷을 입고, 인공 지능으로 움직이는 집에서 행복하고 풍요로운 삶을 누릴 것 같았다. 그런 삶만이 가장 행복하고 이상적인 것처럼, 엑스포를 보지 않으면 그런 삶에 결코 동참할 수 없는 것처럼, 그렇게 떠들어 댔다.

시골에서 농사를 짓는지 새카맣게 탄 얼굴에 주름이 자글자글한 할머니 할아버지 들이 구부정한 몸으로 이 첨단 시대에 탑승하기 위해 줄을 섰다. 한껏 치장한 아줌마 아저씨 들도, 보기만 해도 시끄러운 아이들도, 마치 놀이동산에라도 간 것처럼 엑스포 건물에 입장하기 위해 줄을 섰다. 미래에 한 걸음 먼저 오신 여러분을 환영합니다, 팡, 팡, 팡. 여기저기서 폭죽이 터졌다.

내 기억 속의 여수는 그게 전부였다. 엄청난 규모의 시설들이 모여 있는 곳. 첨단 시대의 개막을 알리는 곳.

하지만 이렇게 실제로 와서 본 여수는 텔레비전에서 봤던 그 분위기와는 전혀 달랐다. 바다를 가로막고 서 있는 건축물들은 언제 허물어질지 모르는 우리 동네 폐가들과 비슷했다. 여기에 있는 건물들은 새로 지은 첨단 건물들이고, 우리 동네에 있는 집들은 몇십 년이 지난 낡은 건물들인데, 내 눈에는 다 똑같아 보였다.

미령이가 마치 수학여행 지도 교사처럼 말했다.

"자, 이제 버스를 타고 서시장 입구에 내려서 향일암행 버스로 갈아탈 거야. "

미령이가 앞장서서 버스 정류장 쪽으로 걸어갔다.

버스가 역 앞을 벗어나자 비로소 엑스포 건물들에 가려져 있던 바다가 보였다. 창밖으로 보이는 여수는 과거와 현재와 미래가 공존하는 이상한 도시였다. 엑스포 끝난 지가 언젠데 아직도 곳곳에 엑스포 간판이 붙어 있었다. 가게들도 '엑스포'가 들어간 상호가 많았다. 엑스포 횟집, 엑스포 민박, 엑스포 건어물, 엑스포 슈퍼……. 엑스포는 끝났지만, 이 도시에서 엑스포는 여전히 현재 진행형이었다. 그러나 곳곳에 세워진 화려한 엑스포 간판과 달리 언덕 위에는 달동네처럼 집들이 빽빽하게 들어차 있었다.

버스는 중앙에 야자수 가로수가 늘어서 있는 도로를 달려 서시장 앞에 멈췄다. 우리는 미령이를 따라 일사불란하게 버스에서 내렸다.

여수 중심가는 앞이 탁 트인 바다라는 것 말고는 여느 도시들과 비슷했다. 번화한 거리, 눈에 익은 상호들, 부지런히 오가는 사람들. 처음 와 보는 곳인데도 전혀 낯선 느낌이 들지 않았다.

향일암행 버스는 돌산대교를 건너 돌산공원을 지나 바다를 끼고 한참을 내려갔다. 달팽이관처럼 꼬불거리는 야트막한 능선 길을 타고 굴전, 무슬목, 도실 삼거리, 월암 등등 이상한 부호 같은 이름의 정류장을 지나갔다. 바깥 풍경을 보면서도 느끼지 못한 여행지의 낯선 분위기를 지명에서 느꼈다. 굴전에도 사람이 살고, 무슬목에도 사람이 살고, 도실에도 사람이 살겠지. 이렇게 낯선 이름을 가진 동네에도 사람이 살고 있구나. 저런 곳에는 어떤 사람들이 살고 있을까, 문득 궁금해졌다.

버스가 멈춘 곳은 방죽포 해수욕장. 사건도 없고, 화끈한 일도 일어나지 않을 것 같은 한적한 동네였다.

버스에서 내려 펜션까지 가는 길에 바다가 보였다. 호수처럼 조용하고 잔잔한 바다였다. 역에 내렸을 때 맡았던 바다 냄새가 더 진해졌다.

야트막한 언덕 위에 하얀 집 한 채가 서 있었다. 아래쪽에는 펜션이나 상가들이 있었지만, 위쪽으로는 그 집 하나였다. 미령이는 하얀 집을 가리키며 오늘 우리가 묵을 펜션이라고 자랑스럽게 말했다. 고추조아가 함성을 질렀다.

주인이 안내한 곳은 방 두 개에 거실 하나가 딸린, 바다가 내려다보이는 방이었다. 우리는 짐을 내팽개치고 발코니로 가서 바다를 내려다보았다. 버스를 타고 스치듯 바라본 바다와 여기까지 걸어오며 곁눈질로 본 바다와 발코니에서 내려다본 바다는 또 달랐다. 호수 같던 바다가 이제 진짜 바다 같았다.

고추조아가 또 환호성을 질렀다.

"와, 바다다!"

감정 표현을 별로 하지 않는 마파두부도 감동한 표정으로 바다를 바라보았다. 미령이는 상자와 가방을 열어 안에 든 것을 냉장고에 넣고 있었다. 얼핏 보니 이런저런 음식 재료와 과일, 김치 따위였다.

우리는 짐을 대충 정리하고 바닷가로 나갔다.

바닷가에는 고운 모래가 깔려 있었다. 쌀쌀한 가을 날씨였지만 아이들은 양말을 벗고 맨발로 모래사장을 걸었다. 바닷물은 속이 들여다보일 만큼 맑았고, 모래는 부드럽게 발바닥을 감쌌다.

이쪽에서 저쪽 끝까지, 저쪽에서 이쪽 끝까지 우리는 모래 위에 발자국을 새기며 걸었다. 고추조아가 바닷물에 살짝 발을 담그더니 "앗, 차거." 하고 소리 지르며 모래사장 쪽으로 뛰어 올라왔다. 그걸 본 마파두부가 갑자기 고추조아의 등을 바다 쪽으로 밀었다. 고추조아가 첨벙거리며 바다로 밀려갔다. 무릎 위까지 접어 올린 바지에 물이 튀자 고추조아는 마파두부를 노려보더니 마파두부를 끌고 바다로 들어갔다. 마파두부는 기다렸다는 듯이 바다로 끌려 들어갔다. 마파두부가 넘어지는 척하면서 고추조아를 잡고 바다에 풍덩 몸을 던졌다. 미령이가 비명을 질렀다.

마파두부와 고추조아는 머리까지 흠뻑 젖었다. 하지만 두 사람은 물속에서 오히려 신이 난 듯 서로에게 물을 튕기며 물장난을 쳤다. 물에 젖은 두 사람이 햇빛을 받아 유리알처럼 반짝반짝 빛났다.

172

"야, 너희도 들어와 봐. 물 안 차가워."

고추조아가 우리를 향해 손짓했다. 미령이가 얼굴을 찡그리며 고개를 저었다. 솔직히 나도 미령이와 바다에 들어가고 싶었다. 저 애들처럼 아무 생각 없이 서로 물장난을 치며 놀고 싶었다. 마파두부도 우리한테 어서 들어오라고 손짓을 했다.

내가 미령이에게 고개를 돌리자 미령이는 '절대 안 돼!'라고 말하듯 고개를 절레절레 저으며 뒷걸음질을 쳤다. 나는 미령이 손목을 덥석 잡았다. 미령이가 몸을 뺐다. 그러면 그럴수록 더 힘껏 미령이의 손목을 잡고 바다 쪽으로 잡아끌었다.

미령이는 완강하게 버텼지만 왠지 내가 끄는 대로 끌려올 거라는 믿음이 있었다. 어디서 그런 이상한 믿음이 생겼는지 모르겠지만, 나는 내 마음이 시키는 대로 미령이를 바다로 끌고 갔다.

처음에는 완강하게 버티던 미령이의 몸에서 점점 힘이 빠졌다. 나는 더 용기를 내서 미령이 손목을 잡은 채 바다를 향해 달렸다. 도살장에 끌려가는 소처럼 질질 끌려오던 미령이가 어느 순간, 내 보폭에 맞춰 달리기 시작했다. 우리는 똑같은 속도로 달려서 10월 마지막 날의 바다에 풍덩 빠졌다.

처음 물에 들어갔을 때는 칼날에 베이는 것처럼 차가웠지만 물속에 몸을 완전히 담갔을 때는 고추조아 말처럼 차갑지 않았다. 물장구를 치고 있던 두 사람은 우리를 보자 물 폭탄을 쏘아 댔다. 우리도 정신없이 두 사람에게 물 폭탄을 날렸다. 자연스럽게 마파두부와 고추조아가 같은 편이 되고 미령이와 내가 같은 편이 되어 정신없이 물장난을 쳤다.

자살 여행만 아니라면, 정말 신 나는 여행일 거다. 바다에 떨어지는 햇살처럼 눈부신 시간들. 모든 고통과 고민과 괴로움을 바다 저 멀리 던져 버리고 온전히 우리만의 즐거움과 행복 속으로 빠져드는 시간. 지금 우리는 이렇게 천국에 와 있는 것처럼 행복한데, 도대체 왜……?

다들 입술이 새파래졌다. 여자애들은 부들부들 몸을 떨었다. 해는 아직 남아 있었지만 오후의 서늘한 기운이 바닷물에 녹아들어 추웠다. 우리는 바다에서 나와 맨발로 펜션을 향해 달려갔다. 물에 빠진 생쥐 꼴인 서로를 보며, 우리는 달리면서도 계속 웃었다.

뜨뜻한 물로 샤워를 했다. 귀에서 계속 모래가 나왔다. 해는 바다 위에서 언제든 떨어질 태세로 마지막 남은 붉은 기운을 마음껏 뿌려 대고 있었다.

샤워를 하고 따듯한 실내에 있으니 몸이 노곤해졌다. 머리에 물기가 채 마르지 않은 미령이와 고추조아가 주방으로 갔다.

"자, 이제 저녁 준비를 해야지?"

미령이가 상자에 있던 쌀을 꺼냈다.

최후의 만찬인가?

갑자기 불안해졌다. 여기까지 오는 내내 줄곧 떠나지 않았고 바다에서 물장구치며 놀면서도 손가락에 박힌 가시처럼 문득문득 밀려들던 불안감. 이제 죽음이라는 시간의 문 앞에 바싹 다가선 것 같아 마음이 서늘해졌다.

미령이가 쌀을 씻어 전기밥솥에 안쳤다. 고추조아는 냉장고에 넣어 두었던 포장 김치를 꺼냈고, 마파두부는 냉장고에서 두부와 다진 고기를 꺼냈다. 미령이는 싱크대 앞에서, 고추조아는 그 옆에서, 마파두부는 식탁에 자리를 잡고 반찬을 만들었다. 마치 약속이나 한 듯 자기 구역에서 묵묵히.

미령이 뒤에서 어슬렁거리는 나를 보더니 고추조아가 물었다.

"불닭, 넌 뭐 만들 거야?"

그때 미령이가 생각났다는 듯이 말했다.

"아, 참. 불닭한테는 말 안 했는데? 불닭, 오늘 우리 각자 요리 하나씩 만들기로 했어. 자기가 제일 자신 있는 걸로. 너한테는 미처 말 못했는데, 재료는 여기 있으니까 대충 아무거나 만들어 봐."

미령이가 개수대에 있는 채소를 가리켰다. 감자와 호박, 당근 등이 있었다. 감자와 호박, 당근으로 할 수 있는 요리는 채소볶음밖에 떠오르지 않았다. 감자 껍질을 벗기고 호박과 당근을 씻어서 썰었다.

한 시간쯤 지나자 각자의 음식이 완성됐다. 마파두부가 야심 차게 준비한 요리는 시뻘건 기름이 둥둥 뜬 마파두부. 미령이가 만든 건 소면까지 삶아서 만든 골뱅이무침. 고추조아가 만든 건 돼지고기를 큼직하게 썰어 넣은 김치찌개. 내가 만든 건 감자와 호박, 당근 볶음.

각자 만든 요리를 식탁에 차렸다. 한 가지 이상한 게 있었다. 내 것만 빼고 나머지 세 명이 만든 요리는 '누가누가 더 빨개?' 하고 내기라도 하듯 온통 붉은색이었던 거다.

밥을 푸고 자기가 만든 요리를 앞에 놓고 모두 식탁 앞에 앉았다.

미령이가 심각한 얼굴로 말했다.

"오늘 우리가 여기 모인 이유는 다 알고 있지?"

아이들이 고개를 끄덕였다. 다들 표정이 심각해졌다.

미령이가 주머니에서 작은 병을 꺼내 뚜껑을 열고 말했다.

"자, 그럼 나부터 할게. 이걸 구하느라고 정말 힘들었어. 하지만 효과는 확실할 거야. 아무리 큰 코끼리라도 단숨에 끽!"

미령이가 자기 목을 손으로 치는 시늉을 해 보였다. 아이들이 감탄하는 표정으로 미령이가 들고 있는 병을 바라보았다. 이제부터 죽음의 의식을 시작할 셈인가?

미령이는 병에 든 가루를 골뱅이무침에 털었다. 가루가 골뱅이무침에 쏟아졌다. 미령이는 가루가 골고루 섞이도록 젓가락으로 뒤적였다. 코끼리도 단숨에 넘어뜨릴 만큼 치명적인 독극물이라면, 혹시 예전에 미령이가 말한 청산가리인가?

미령이 말을 듣고 나서 나도 인터넷에 청산가리라고 쳐 본 적이 있다. 정말 미령이 말대로 '생명은 소중합니다'라는 문구가 나왔다. 한 번 더 생각해 보세요, 라는 문구를 본 것도 같다. 청산가리는 구하기가 쉽지 않다는 지식인의 답변도 본 것 같은데, 어떻게 구했지?

이번에는 고추조아가 김치찌개 냄비에 코를 킁킁 들이대고 냄새를 맡더니 흡족한 표정으로 말했다.

"나도 정말 어렵게 구했어. 공부를 이렇게 하면 인 서울은 문제도 없을 텐데. 난 아예 찌개 끓일 때 넣었어."

고추조아가 김치찌개 끓일 때 수상한 짓 하는 걸 못 봤는데 언제 넣었지?

아이들의 눈이 내 옆에 앉은 마파두부에게로 향했다. 마파두부가 만든 마파두부는 두부는 뭉개지고 기름은 둥둥 떠서 씹다 뱉어 낸 것처럼 혐오스러워 보였다.

"나도 고추조아처럼 만들 때 넣었어. 이걸 먹으면 너희는 절대 살아서 이 펜션을 나갈 수 없을걸? 흐흐."

역시 독극물이었구나! 내 심장은 100미터 달리기를 할 때만큼 뛰었다.

이제 아이들의 눈이 모두 나에게로 향했다. 너도 오늘의 비밀 병기를 공개해 보시지, 하는 표정들이었다.

미령이가 당황한 표정으로 말했다.

"아, 불닭은 모를 거야. 아까도 말했지만 오늘 아침 갑자기 와서. 불닭은 열외야."

그래. 나는 아무것도 준비하지 못했다. 아니, 독극물을 준비하고 싶은 마음도 없다. 열외로 해 줘서 고맙다고 해야겠지만 그럴 마음도 없다. 나는 죽을 마음이 전혀 없으니까. 또 나만 살고 너희만 죽게 내버려 두지도 않을 거다. 우린 오늘 함께 살아서 내일 서울로 돌아간다!

고추조아가 빙긋 웃으며 말했다.

"그래? 괜찮아. 우리 것만 가지고도 오늘의 파티는 충분하니까."

미령이가 기도를 하듯 깍지 낀 두 손을 위아래로 흔들며 말했다.

"이 순간이 오기를 얼마나 기다렸는지 몰라. 오늘은 내 생애 최고의 날이야. 너희가 함께 와 줘서 고마워. 절대 잊지 않을게."

아이들이 젓가락과 숟가락을 집어 들었다.

이때다. 이때가 아니면 정말 끝이다. 나는 의자를 박차고 벌떡 일어났다.

"안 돼! 먹지 마!"

나는 죽을힘을 다해, 피를 토하듯 절규했다.

"왜 죽어? 너희는 억울하지도 않냐? 자신들이 불쌍하지도 않아? 제대로 한 번 살아 보지도 못하고 죽긴 왜 죽어? 누군 안 힘든지 알아? 난, 난 정말……. 그래, 말을 말자. 하여튼 나 같은 인간도 사는데 너희가 왜? 도대체 왜?"

나는 식탁 위에 차려진 음식을 양팔로 가렸다. 미령이가 놀란 얼굴로 의자에서 일어나 소리쳤다.

"불닭, 이게 무슨 짓이야?"

나는 골뱅이무침 접시를 가리키며 말했다.

"저기에 청산가리 탔잖아. 또 김치찌개에도 마파두부에도 독극물 탔잖아."

분위기가 싸해졌다. 미령이와 고추조아, 마파두부는 한동안 어리둥절한 표정으로 나를 바라보았다.

나는 최후의 수단으로 무릎을 꿇었다. 눈물이라도 펑펑 흘리고 싶었지만 눈물은 쉽게 나오지 않았다. 나는 두 손을 모으고 애원하는 마음으로 간절하게 말했다.

"이렇게 부탁한다. 제발 자살은 하지 말자. 아무리 인생이 고해라고 해도 한 번 제대로 헤엄이나 쳐 보고 죽어야지. 죽으면 모든 게 끝이야, 끝. 그냥 먼지처럼 사라지는 거라고."

아, 여기에 눈물까지 나와 준다면 금상첨화일 텐데. 이럴 줄 알았으면 미리 안약이라도 넣었어야 했나?

갑자기 마파두부가 웃기 시작했다. 풋, 으, 하, 하, 하. 고추조아도 따라 웃었다. 흡, 픔, 후, 후, 으아, 하, 하, 하. 미령이는 웃지 않았다. 나를 뚫어져라 내려다보기만 했다.

미령이가 진지한 얼굴로 물었다.

"그러니까 넌 우리가 여기 죽으러 왔다고 생각한 거야?"

마파두부와 고추조아는 눈물까지 찔끔거리며 웃고 있었다.

나는 내 눈앞에 비현실적으로 가까이 다가와 있는 미령이의 눈을 똑바로 올려다보았다.

나는 최대한 멍청해 보이지 않으려고 애쓰며 물었다.

"자살 여행 아니었어?"

마파두부와 고추조아는 아예 허리를 반쯤 꺾은 채 배를 쥐고 웃었다. 미령이도 웃음이 나오려는 걸 억지로 참는지 얼굴이 심하게 일그러졌다.

"왜 그런 생각을 했어?"

일이 이렇게까지 된 이상 할 수 없다. 나는 내가 아는 사실들을 털어놓았다. 미령이가 전에 다니던 학교에서 자살 카페를 운영했다던 발광수의 말, 자살 여행을 떠나기로 한 날 회원 하나가 배신하는 바람에 여행은 취소되고 미령이는 강제 전학 처벌을 받아 우리 학교로 오게 된 일, 미령이가 가장 먼 미래가 10월의 마지막 날이라고 했던 말, 그리고 이 카페 회원과 이 땅의 끝인 여수까지 오게 된 정황 등을 나름대로 논리정연하게 말했다.

미령이가 고개를 끄덕였다.

"아, 그랬구나! 어쩐지 학교에서 날 필요 이상으로 간섭하고 감시한다 했어. 난 지난번 선유도 사건 때문에 그러는 줄 알았더니, 그런 일이 있었구나."

"그럼 아냐?"

고추조아가 웃음을 거두고 분노에 찬 얼굴로 말했다.

"그게 다 칠리인조이 그년 때문이야. 너 기억나? 성대 앞 불도마에서 봤던 그 키 작은 년."

기억나고말고. 다크서클이 뺨까지 내려오고 어둡고 음침한 인상이었는데, 그날 이후 모임에 나오지 않아서 궁금하던 참이었다.

이번에는 미령이가 말했다.

"칠리인조이는 우리 카페에서 유일하게 강퇴당한 회원이야. 우리 회원들을 상대로 사기를 쳤거든."

마파두부가 불쑥 끼어들었다.

"난 이십만 원 털렸다. 갑자기 전화해서는 동생이 오토바이 사고를 냈는데, 합의금을 물어 주지 않으면 동생이 검찰로 넘어간다고 숨넘어가는 소리를 하길래."

고추조아도 화가 난 얼굴로 말했다.

"한 번은 수업료를 못 내서 학교 짤리게 됐다고 울며불며 사정하길래 통장에 모아 둔 돈 찾아서 삼십만 원 부쳐 주고, 한 번은 쌀이 떨어져서 며칠째 굶고 있다고 다 죽어 가는 소리 하길래 십만 원 부쳐 주고. 암튼 이렇게 저렇게 뜯긴 돈이 오십만 원도 넘어."

믿을 수가 없었다. 친구에게 사기를 쳐서 그렇게 큰돈을 뜯어내다니. 아이들 말이 사실이라면 그건 장난이 아니라 진짜 사기다.

마파두부가 고개를 저으며 말했다.

"말도 마라. 우리 회장은 아마 수억 원은 뜯겼을걸?"

미령이는 쓴웃음만 지을 뿐 아무 말도 하지 않았다.

나중에 알고 보니 칠리인조이한테는 동생이 없고 군대 간 오빠가 하나 있으며, 아버지가 돌아가시고 엄마는 집을 나가서 혼자 살고 있다더니 버젓이 부모님과 함께 살고 있었다. 그렇게 회원들한테서 뜯은 돈으로 화장품과 옷을 사거나 노래방을 다니면서 유흥비로 썼다고 한다.

그 사실을 알아차린 회원들은 그동안 뜯어 간 돈을 내놓지 않으면 경찰에 고발하겠다고 했다. 그 돈을 돌려받을 생각은 없었지만 칠리인조이의 버릇을 고쳐 놓고, 또 다른 피해자가 생기는 걸 막기 위해 칠리인조이를 압박했다.

칠리인조이는 울며불며 용서를 빌었다. 돈도 모두 갚겠다고 했다. 그런데 돈을 갚겠다고 한 날, 칠리인조이는 약속 장소에 나타나지 않았다. 그 대신 학생부 부장을 찾아가 미령이가 자살 카페를 운영한다고 거짓 고자질을 했다. 회원들과 자살 여행을 떠나기로 했는데 자기는 무서워서 가지 않았다는 거짓말도 했다. 얼마나 그럴듯하게 거짓말을 했는지, 미령이가 학생부 부장에게 그런 카페가 아니라고 아무리 하소연해도 소용없었다. 학생부 부장은 그러잖아도 얼마 전 학교에서 자살 사건이 있었던 터라 자살 얘기만 나와도 몸서리를 쳤다. 미령이는 마침 새 아파트로 이사 오면서 우리 학교로 전학하게 됐는데, 몸만 온 게 아니라 자살 카페를 운영했다는 주홍 글씨까지 함께 딸려 왔다.

그런데 미령이가 전학 오자마자 선유도 공원 사건이 터진 거였다. 학교에서는 미령이에게 카페를 폐쇄하라고 강요했지만, 미령이와 회원들은 카페를 폐쇄할 마음이 전혀 없었다. 폐쇄하더라도 누구의 강요에 의해서가 아니라 자신들의 의지에 따라 할 생각이었다.

그래서 '더 빨강'은 레지스탕스처럼 지하 활동을 시작했다. 카페는 비공개로, 모든 글은 비밀 글로, 어떤 검색망에서도 절대 걸리지 않도록 두 겹 세 겹 방호망을 쳤다.

회원들은 단순한 식도락 모임을 이렇게 비밀스럽게 해야 하나 한탄했지만, 그런 점이 오히려 카페 회원들의 결속력을 단단하게 만들었다. 이번 여행은 그 단단한 결속력을 확인하는 자리였다.

인간은 누구나 자기가 믿고 싶은 대로 믿는다. 그리고 일단 그 믿음이 생기면 다른 생각을 할 의심조차 하지 않고 믿음 굳히기에 들어간다. 이성적인 판단이나 심사숙고 따위가 파고들 틈이 없다. 이 아이들이 자살 여행을 떠나온 거라는 내 믿음에 나는 깨알만큼도 의심을 품지 않았다. 사실 생각해 보면 여러 가지 이상한 점도 많았는데.

아이들 얘기를 다 듣고 나니 내가 정말 멍청한 짓을 했다는 사실에 머쓱해졌다. 하지만 자살 여행이 아니라서 정말 다행이라는 생각에 머쓱함도 금세 잊어버렸다. 마파두부가 손을 내밀었다. 나는 얼떨결에 마파두부의 손을 잡았다.

마파두부가 내 손을 잡고 위아래로 세차게 흔들며 말했다.

"죽을 마음도 없으면서 따라오다니, 너의 우정에 눈물이 난다."

녀석은 내 우정에 감동해서가 아니라 하도 웃어서 눈물을 흘렸다.

고추조아가 말했다.

"물론 나도 죽고 싶을 때는 많았어. 하지만 난 죽지 않을 거야. 왜 죽어? 내가 지금까지 어떻게 살았는데. 억울해서라도 못 죽어."

"자살을 거꾸로 읽으면 살자. 그러니까 자살할 사람들은 살자."

마파두부의 썰렁한 말에 분위기가 싸늘해졌다. 잠시 흐르는 어색한 침묵을 깨고 미령이가 조용히 말했다.

"불닭이 그렇게 생각한 것도 이해가 돼. 하지만 아냐. 우린 그냥 여행 왔어. 굳이 주제를 대자면 매운맛 대결이라고 할까?"

매운맛 대결? 그렇다면 저 음식에 넣은 정체불명의 가루는 도대체 뭐란 말이지?

고추조아가 내 마음을 읽었는지 음식을 보며 말했다.

"일단 먹어 봐. 죽진 않을 테니까. 아니지. 너무 매워서 죽을지도 모르겠다."

모두 식탁 앞에 바싹 붙어 앉았다.

미령이 말처럼 이번 여행의 주제는 '매운맛의 끝판왕'이었다. 각자 세상에서 가장 매운 재료를 넣은 가장 매운 음식을 만들어서 먹기로 한 거다.

미령이가 골뱅이무침에 넣은 것은 청산가리가 아니라 캡사이신 분말이었다. 고추조아가 김치찌개에 넣은 것은 사람을 실신까지 시킨다는, 세상에서 가장 매운 고추 부트 졸로키아였다. 이 고추는 우리나라 청양고추보다 100배나 맵다고 한다. 마파두부가 마파두부에 넣은 것은 멕시코의 유명한 고추인 하바네로 분말이었다. 하바네로는 부트 졸로키아가 나오기 전까지는 세계에서 가장 매운 고추로 기네스북에 올라 있었는데, 청양고추보다 30배쯤 더 맵다고 한다.

맨 처음 먹은 음식은 고추조아표 김치찌개였다. 보기에는 그냥 평범한 김치찌개였다. 하지만 한 숟갈 입에 넣자마자 '그분'이 오시는 걸 경험했다. 생전 경험해 보지 못했던 가공할 만한 충격과 공포, 혼마저 쏙 빼게 하는 주술적인 맛, 매운맛에 대해 어떤 상상을 했든 그 상상 이상의 고통을 안겨 주는 맛이었다.

맵다, 맵다! 지독하게 맵다!

그다음은 마파두부. 으깨진 두부를 숟가락에 떠서 덜덜 떨며 입에 넣었다. 물컹한 두부와 함께 입안의 모든 세포를 마비시킬 정도로 강한 매운맛이 순식간에 퍼졌다. 그나마 두부를 씹으니 매운맛이 조금은 약해지는 느낌이었다.

그다음은 골뱅이무침. 통통한 골뱅이 하나를 집어 용감하게 입속에 넣었다. 물컹 씹히는 골뱅이의 육즙 속으로 어김없이 파고드는 날카로운 바늘 같은 매운맛. 몇 번 씹지도 않고 재빨리 삼켰다. 입안에 아무것도 없는데, 매운 고춧가루를 잔뜩 물고 있는 것처럼 매웠다.

차례대로 시식이 끝나자 아이들은 들뜬 표정으로 밥을 먹기 시작했다. 음식을 먹을 때마다 얼굴에 열이 확확 오르고, 눈에 눈물이 맺히고, 이마와 콧등에서 땀방울이 줄줄 흘러내렸다.

그런데 희한하게도 매운 걸 먹으면 먹을수록 거부할 수가 없었다. 마치 매운맛끼리 보이지 않는 끈으로 이어져 있어서 이 매운맛이 저 매운맛을 끌어당기는 것처럼 계속 매운 것이 당겼다.

아이들이 만든 음식은 어느 것이 더 매운지 우열을 가릴 수가 없었다. 혀는 이미 매운맛으로 기능이 마비됐기 때문에 무얼 먹어도 똑같이 매웠다.

밥 한 그릇을 다 비우고, 또 한 그릇을 퍼서 남은 요리를 싹싹 비웠다. 음식이 다 떨어지자 아이들은 마치 후식을 먹듯 내가 만든 채소볶음을 깨끗이 먹어 치웠다.

밥을 두 그릇이나 먹었는데도 이상하게 몸이 가벼워진 느낌이 들었다. 입안에는 여전히 통증이 남아 있고, 배 속은 온

186

통 날카로운 금속성 물질로 북북 긁어 대는 것처럼 쓰렸지만, 몸과 마음은 지금 당장 하늘을 붕붕 날아오를 것처럼 가벼워졌다. 마치 매운맛으로 영혼의 세례를 받은 기분이었다.

아이들은 눈물과 땀으로 범벅이 된 얼굴로 각자 자리를 잡고 축 늘어졌다. 고추조아가 휴대폰으로 음악을 틀었다. 꿈을 꾸는 듯한 목소리의 여가수가 알아들을 수 없는 언어로 노래를 했다.

온몸에 퍼진 매운 기운 때문인지, 몽환적인 음악 때문인지, 밤바다에서 들려오는 파도 소리 때문인지, 기분이 이상해졌다. 온몸의 세포가 흐물흐물 녹아내리는 것처럼 나른해졌다.

이 먼 곳까지 와서 각자 만든 음식을 먹고 이렇게 각자 늘어져 있는 모습을 보니 감동이 솟았다. 나는 아직 저 아이들을 잘 모르지만, 어쩐지 고통을 공유함으로써 하나의 운명 공동체가 된 것 같았다.

식구들 생각이 났다. 일곱 살이 되어 버린 아버지, 떠나 버린 형, 지난한 삶의 현장 속으로 다시 뛰어든 엄마. 우리는 이제 지금까지와는 다른 삶을 살겠지만, 그전보다는 다른 형태의 결속으로 맺어질 것 같은 확신이 들었다. 우리는 별로 행복해 본 적이 없는 가족이고, 함께 나눈 즐거움이나 행복보다는 함께 나눈 고통이 더 많았지만, 그래서 오히려 더 단단해진 가족 공동체가 되지 않을까, 하는 확신.

문득 아버지가 보고 싶었다. 이런 적, 처음이다.

여수 밤바다

미령이와 밤 바닷가를 걸었다. 어두운 바다 저쪽에서 달려온 하얀 물살이 모래를 찰싹찰싹 치고 사라졌다. 파도는 마치 살아 있는 생명체처럼 어둠 속에서 달려왔다가 하얀 물거품만 남기고 순식간에 사라졌다.

밤하늘에는 나뭇가지로 털면 우수수 쏟아질 것처럼 수많은 별이 박혀 있었다. 하늘에서 쏟아지는 별빛이 주변 건물에서 나온 불빛과 함께 밤바다 위에서 아름답게 일렁거렸다.

"버스커버스커는 분명히 이 바다를 보면서 이 노래를 만들었을 거야. 들어 봐."

미령이가 자기 귀에 꽂은 이어폰 한쪽을 빼서 내 귀에 꽂아 주었다. 정직하면서도 소박한 노랫소리가 들려왔다.

미령이는 노래를 흥얼거렸다. 미령이의 나지막한 노랫소리와 파도 일렁이는 밤바다가 썩 잘 어울린다고 생각했다.

우리는 모래사장에 앉았다.

"나 너한테 놀랐어."

미령이가 먼바다를 보며 뜬금없이 말했다.

"왜?"

"그런 이유로 여기까지 따라와 준 거. 너의 진정성이 느껴져서."

미령이에게 인정받으니 기분이 좋았다.

나는 미령이 눈치를 살피며 조심스럽게 말했다.

"난 네가 정말 자살할 줄 알았어. 유괴 사건 때문에 아직까지 고통받고 있다고 생각했거든."

미령이가 피식 웃었다. 의미를 알 수 없는 웃음이었다.

미령이가 내 얼굴을 보며 물었다.

"그때 얘기 해 줄까?"

"말하기 싫으면 안 해도 돼."

하지만 미령이는 의외로 담담하게 말했다.

"사실 유괴는 누구나 살면서 겪을 수 있는 일 중 하나야."

나는 그 말에 공감할 수 없었다.

"유괴를 당하는 애들은 극소수야. 대부분의 애들은 그런 경험 없어."

미령이가 쓸쓸하게 웃었다.

"그래, 네 말이 맞다. 그렇지만 나한테 유괴는 정말 별거 아니었어. 무사히 살아 돌아왔잖아. 문제는 유괴를 당하고 난 다음부터였지. 사흘인가 나흘 동안 난 모르는 아저씨 차에 실려 여기저기 끌려다녔어. 별로 무섭지는 않았어. 아저씨가 나한테 빵도 사 주고 아이스크림도 사 주면서 잘해 줬거든. 그 유괴범이 어떻게 됐는지 지금은 기억이 잘 안 나는데, 아무튼 난 무사히 집으로 돌아왔어. 근데 엄마 아빠가 이상해졌어. 필요 이상으로 나한테 잘해 주는 거야. 엄마는 스물네 시간 날 감시하고, 아빠는 내가 원하는 건 뭐든 들어주고. 사람들도 이상했어. 유치원 선생님은 나를 딴 애들하고 다르게 대했어. 뭐랄까, 특별하다고 할까?"

"예를 들면?"

"예를 들면 내가 잘못을 해도 절대 혼내지 않았어. 다른 애들 같았으면 야단칠 일도 나한테는 오히려 웃으면서 잘했다 그러고. 아이들이 점점 나를 싫어하는 게 느껴질 만큼. 친척들도 명절날이면 내 눈치를 보면서 나한테 지나치게 잘해 줬어. 그때부터 나를 대하는 사람들이 불편하게 느껴졌어. 이상한 색안경을 끼고 날 보는 거 같았거든. 사람들이 나한테 잘해 주는 건 다 가식으로 느껴졌어. 심지어는 엄마 아빠까지도. 그래서 사람들이랑 어울리기 힘들었고, 엄마 아빠한테도 못되게 굴었어."

밤이 점점 깊어 가면서 바람이 차가워졌다. 파도는 힘겨운 듯 모래사장 위로 올라왔고, 바다 위에 떠 있던 불빛도 하나

둘씩 사라졌다. 쌀쌀한 밤공기에 몸을 움츠리고 있는 미령이에게 내 점퍼를 벗어서 덮어 주었다. 미령이는 점퍼 속으로 몸을 움츠렸다.

미령이는 낮게 한숨을 내쉬고는 계속 말했다.

"커 가면서 가끔씩 내 존재의 심연에까지 내려가 보곤 했어. 그때마다 난 철저하게 혼자더라. 누군가에게 진심으로 사랑받고 싶은데, 아무도 없는 거야. 부모님의 사랑은 자신들의 이기심을 위한 가식으로 느껴졌고. 그래서 진심으로 나를 사랑해 줄 사람을 원했던 거 같아. 그런 사랑을 확인하고 싶어서, 내가 정말 사랑받고 있다는 걸 확인하고 싶어서 죽으려고 했던 거 같아. 너무 외로워서. 근데 어느 날 문득 내가 기억을 조작했던 게 아닐까 하는 생각이 들었어. 기억이란 건 언제든 나 편한 대로 조작할 수도 있는 거잖아. 넌 불행한 아이야, 다른 사람들이 널 이상한 눈으로 보고 있어, 부모님의 사랑은 다 가식이야, 그렇게 나 자신에게 세뇌시켰던 거 같아. 그래서 늘 주변 사람들의 시선에서 자유롭지 못했지. 결국 난 내 감정을 스스로 조작하고 위장했기 때문에 힘들었던 거야."

"그래서 매운 걸 먹기 시작했어?"

미령이가 두 손을 저으며 말했다.

"아니, 매운 걸 좋아하게 된 건 그냥 우연이었어. 어느 날 멋모르고 매운 고추를 먹었는데 왠지 모르지만 확 당기는 거야. 지루하게 걷고 있는데 누가 발을 거는 느낌? 그때 정신이 번쩍 들더라. 내가 살아 있다는 걸 강렬하게 느낄 수 있었어. 그냥 걷는 건 재미없잖아. 누가 발도 걸어 주고 뺨도 때려 주고, 그래야 내가 살아 있다는 걸 느끼지. 또 살아야겠다는 전투력도 생기고. 너희는 나하고 다른 이유로 매운 걸 먹겠지만, 어쨌든 우리는 살아 있기 위해서 매운 걸 먹는다는 공통점이 있잖아. 마파두부나 고추조아도 자력으로 고통을 이길 힘이 생기기 전까진 아마 계속 먹지 않을까? 넌 어때?"

갑작스러운 질문을 받자 느닷없이 발에 걸려 넘어진 느낌이다.

난 어떠냐고?

난…… 이제 야동을 보지 않아도 괜찮을까? 외로울 때마다 보던 야동 대신 새로운 뭔가가 나를 채워 줄 수 있을까?

모르겠다. 대답하기 곤란한 질문을 받았을 때는 그 자리를 피하는 게 최선이다. 나는 자리에서 일어나며 일부러 목소리를 높여 말했다.

"어우, 춥다. 그만 들어가자."

미령이가 어이없어하는 표정으로 나를 빤히 쳐다보다가 자리에서 일어났다. 오래 앉아 있어서 그랬는지 미령이는 일어나면서 중심을 잃고 비틀거렸다. 나는 재빨리 미령이 손을 잡았다.

미령이가 놀란 눈으로 나를 올려다봤다. 이럴 때는 어떻게 하지? 에이, 모르겠다. 나는 미령이 손을 더 세게 잡았다. 미령이는 내 손을 뿌리치지 않았다.

"손이 차네."

미령이가 수줍게 웃으며 말했다.

"마음이 따듯한 사람은 손이 차대."

미령이 손을 꼭 잡고 펜션을 향해 걸어갔다. 펜션 우리 방에서는 따스해 보이는 오렌지색 불빛이 새어 나오고 있었다.

이렇게 미령이 손을 잡고 밤바다를 걷고 있는 게 꿈만 같았다. 두근두근 심장 뛰는 소리가 내 귀에까지 들리는 듯했고, 발걸음은 공중에 뜬 것처럼 현실 감각이 없었다.

미령이는 의외로 침착했다. 마치 오늘 이런 순간이 오리라는 사실을 알고 있었던 것처럼.

이제 우리 시작인 건가? 가슴이 벅차올랐다.

서두르지 말고 천천히, 지금처럼 이렇게 느린 걸음으로 미령이와 걸어야겠다고 다짐했다.

펜션이 점점 가까워졌다. 차갑던 미령이 손도 따듯해졌다. 걸음을 멈추고 문득 미령이에게 물었다.

"이제 시월 마지막 날도 지났으니 너의 가장 먼 미래도 지났겠네. 가장 먼 미래, 다시 정하고 싶은 생각 없어?"

미령이가 진지하고 심각한 얼굴로 말했다.

"음……, 아마도 마흔여덟?"

"마흔여덟? 왜?"

"마흔여덟이 되면 지금 우리 엄마랑 똑같은 나이가 돼. 그

나이가 되면 세상이 어떻게 보일지 궁금해. 적어도 부모님 나이만큼은 살아 본 다음에 세상이 살아 볼 만한 가치가 있는지 없는지 판단할 수 있을 거 같아. 그다음 나이는 상상할 수가 없어."

부모님 나이만큼은 살아 봐야 세상을 판단할 자격이 있다는 게 어디서 나온 논리인지 모르겠다. 지금도 우리는 세상이 살아 볼 만한 가치가 있는지 없는지 충분히 판단할 수 있는 나이다. 그렇지만 가장 먼 미래가 30년 후라니, 그나마 안심이 된다. 그때까지는 살아 있을 테니까. 나도 내 가장 먼 미래를 스물여덟 살이 아니라 마흔여덟 살로 잡아 볼까? 그런데 그 나이가 과연 나한테 올까?

말 달리자

　살아서는 절대로 집 밖으로 한 발짝도 나갈 수 없다고 버티던 뒷집 할머니가 어제 이사를 갔다. 그 할머니는 혼자 몸으로 모진 고생 끝에 장만한 집이라 집에 대한 애정이 각별했다. 할머니에게 집은 목숨과도 같은 거였다. 평생을 함께해 왔고 앞으로 함께 늙어 갈 집이라고 입버릇처럼 말했는데.

　할머니는 버틸 수 있는 데까지 버텼다. 건설 회사 쪽에서 수없이 문을 두드려도 절대 문을 열어 주지 않았다. 건설 회사 쪽에서는 할머니의 하나밖에 없는 아들까지 동원했다. 무슨 이유에서인지 할머니와는 오래전부터 인연을 끊고 살던 아들이 찾아온 날, 그토록 굳게 닫혀 있던 대문이 열렸다. 할머니는 아들 손을 잡고 목놓아 통곡했다. 그러고는 바로 이튿날인 어제, 할머니는 아들이 살고 있다는 천안 근처로 이사를

간 거다.

난공불락의 성채 같았던 뒷집 할머니네마저 이사를 가자 이제 남은 집은 우리 집밖에 없었다. 우리 집은 뒷집 할머니네처럼 일부러 나가지 않는 게 아니었다. 갈 곳이 없어서 못 나가는 거였다. 건설 회사 쪽과 합의가 끝난 지도 오래고 보상금도 다 받았다. 형이 전 재산을 말아먹고 나가 버린 뒤 우리는 그야말로 알거지가 됐다. 길거리에 나앉게 됐다는 말이 어떤 의미인지 절절하게 실감할 수 있었다. 그나마 다행인 건, 형이 치킨집 보증금은 건드리지 않았다는 것. 엄마는 정신을 차리고 장사를 하고 있다.

굴삭기들은 매일 아침마다 일보 전진했다. 이제 굴삭기 부대는 우리 집에서 불과 10미터도 떨어지지 않은 곳까지 다가왔다.

건설 회사 쪽에서 집을 비워 달라고 요구한 최후의 시한을 넘겼지만 우리는 아직도 집을 비워 주지 못하고 있다. 우리 집 담벼락에는 붉은 글씨로 '철거'라고 쓰여 있다. '철거'라는 글씨에서 흘러내린 페인트가 붉은 피눈물처럼 담벼락을 타고 줄줄 흘렀다.

하늘이 무너져도 솟아날 구멍은 있다더니, 연신내에 사는 이모가 우리를 위해 지하 방을 내준다고 했다. 이모가 사는 연립 주택의 지하 한 칸짜리 방이 마침 전세 계약 만기가 다 되어 가니, 당분간 그곳으로 와서 살라고 한 거다.

196

햇빛도 전혀 들지 않고, 부엌과 화장실도 지하 방에 사는 다른 사람들과 공동으로 써야 하지만, 앞으로 추워질 텐데 길거리로 나앉지 않게 된 것만도 얼마나 다행인지 모른다며 엄마는 마치 대형 아파트에 입주하는 것처럼 좋아했다. 건설 회사 쪽에는 이사할 때까지만 살게 해 달라고 통사정을 해서 지하 방에 사는 사람이 이사 갈 때까지 시간을 벌었다.

아버지는 요즘 들어 자주 지붕에 올라갔다. 지붕에 올라가기에는 쌀쌀한 날씨였지만, 양말도 신지 않은 채 맨발로 올라갔다.

용마루에 앉은 아버지는 바로 집 앞까지 온 굴삭기를 보며 소리쳤다.

"우리 집에 오지 마. 우리 집 부수면 가만 안 둘 거야!"

아버지는 우리에게 좋은 아버지가 아니었다. 평생을 성실하게 일했지만, 성실하다고 해서 좋은 아버지가 되는 건 아니다. 형에게는 폭력적이었고, 엄마에게는 신경질적인 잔소리꾼이었고, 나에게는 무관심했다. 아버지는 나름대로 가장의 역할을 다했다고 생각할지 모르지만, 우리 식구 중 누구도 그런 아버지를 좋은 가장이라고 생각한 사람은 없었다.

하지만 지붕에 앉아 우리 집을 지킬 거라고 소리치는 아버지를 보면 가슴이 뭉클해진다. 일곱 살짜리 정신 연령을 갖게 된 아버지에게서 이제야 진짜 아버지 모습을 보게 된 거다.

아버지가 지붕에서 내려왔을 때 내가 타일렀다.

"아버지, 이제 지붕에 올라가면 안 돼."

"왜?"

"우리 이사 가거든. 지붕 없는 집으로."

아버지가 금세 침울해진 얼굴로 말했다.

"싫어. 나 이사 안 가."

"싫어도 가야 해."

"그럼 말을 탈 수가 없잖아."

"할 수 없어."

"그럼 나 말 사 줘."

아무리 철없는 일곱 살이라도 이건 너무했다.

"안 돼."

"싫어, 싫어. 그럼 나 이사 안 갈 거야."

또 떼쓰기 시작한다. 그때 좋은 생각이 떠올랐다.

"그럼 내가 말 만들어 줄까?"

"정말 작은형아가 만들 수 있어?"

말을 뱉어 놓고 바로 후회했다. 내가 목마를 만들 수 있을지 걱정이 됐다. 하지만 목마를 만들어 준다는 내 말에 얼굴이 환해지는 아버지를 보니, 아무리 힘들어도 목마를 만들어야겠다는 생각이 들었다.

아버지는 내 뒤를 졸졸 따라다니며 언제 만들어 줄 거냐고, 지금 당장 만들어 달라고 보챘다.

인터넷에서 목마 그림을 내려받아 스케치를 했다. 만들기는 별로 어려워 보이지 않았다. 파는 것처럼 근사한 목마는 만들 수 없겠지만, 그래도 아버지가 탈 수 있을 정도로 튼튼하게는 만들 생각이었다.

목마 재료는 동네에 널려 있었다. 다른 사람들이 이사 가면서 버리고 간 가구들과 토지를 조성하면서 베어 버린 가로수들이 얼마든지 있었으니까. 나는 동네 무너진 집들을 뒤지고 다녔다.

어느 무너진 집 마당에서 판자를 찾아냈다. 옷장 문짝이었는데, 통나무로 되어 있어 아주 단단했다. 몸통으로 쓰기에 딱 알맞았다. 규격에 맞게 톱으로 잘라 냈다.

다리 형태로 나무를 자르는 건 어려웠다. 그래서 판자를 잘라 목공소에 가져다주면서 도면대로 잘라 달라고 부탁했다. 마지막으로 가장 어려운 게 다리 밑에 붙이는 밀대였다. 목마가 앞뒤로 흔들릴 수 있도록 나무를 휘게 만들어야 하는데, 내 능력으로는 평평한 나무를 휘게 만들 수 없었다. 그래서 휘어진 나뭇가지를 쓰기로 했다.

쓰러진 나무에서 휘어진 나뭇가지를 발견했다. 양쪽 밀대로 쓰기 위해 휘어진 나뭇가지 두 개를 잘라 냈다. 또 말 머리로 쓸 만한 굵은 나뭇가지도 찾아냈다. 말 머리 모양으로 그럴듯하게 굽어서 갈기만 달면 안성맞춤일 것 같았다. 그 가지도 톱으로 잘라 냈다. 톱질을 할 때마다 팔이 끊어질 것처럼 아팠다. 손바닥에 물집도 생겼다. 나뭇가지 껍질을 벗기고 사포로 싹싹 다듬었다. 말 머리에서 향긋한 나무 냄새가 났다.

이사 갈 날짜가 다가오는데 형한테서는 연락 한 번 오지 않았다. 어디로 숨어 버렸는지 머리카락 한 올 보이지 않았다. 나는 형에게 메일을 썼다. 우리가 이모네 집 지하 방으로 이사하게 됐다는 것, 엄마는 계속 치킨집을 하고 있고 매상이 조금씩 오르고 있다는 것, 아버지도 점점 좋아지고 있으니 걱정하지 말라는, 형이 별로 관심 둘 것 같지도 않은 내용이었다.

형이 집을 나가면서 쓴 편지에 나한테 인사 한 줄 남기지 않은 것을 보고 서운한 마음도 있었다. 하지만 시간이 지나면서, 그런 서운함은 조금씩 사그라졌다. 형은 형 자신을 챙기기도 힘들었을 테니까. 언젠가는 내 생각도 해 주겠지 하는 기대감으로 용서했다.

메일함에 들어가 수신 확인을 눌러 봤지만 형은 내 메일을 확인조차 하지 않았다.

엄마는 이삿짐을 정리하기 시작했다. 버려야 할 것과 가져가야 할 것을 구분했다. 방 한 칸이기 때문에 대부분의 가전제품과 가구들을 가져갈 수 없었다. 그래서 간단히 숙식만 할 수 있을 정도로 최소한의 물건들만 가져가기로 했다.

가장 큰 문제는 형의 물건들이었다. 형 방에는 형이 어릴 때부터 모은 프라모델들이 장식장으로 한가득이었다. 한때는 형이 조립하고 자기 분신이라도 되는 듯 하나하나 소중하게 들여다보던 존재였는데, 이제는 주인 잃은 애물단지가 되고 말았다.

엄마는 형 옷들을 쌌다. 그래도 언젠가는 돌아올 텐데, 집에 와서 입을 옷이 있어야 하지 않겠느냐면서. 프라모델들을 보면서 저건 도저히 가져갈 수 없겠다고 한숨을 내쉬었다. 그런데 아버지가 큰형이 아끼던 거니까 버리면 안 된다고, 가져가야 한다고 고집을 피웠다. 집이 좁아서 놓을 자리가 없다고 말해도 소용없었다. 아버지는 상자까지 가져와 프라모델들을 쌌다. 평생 남의 집 이삿짐을 싸던 습관이 아직도 남아 있어 그런지, 아버지는 프라모델들이 부서지지 않게 하나하나 신문지에 잘 싸서 상자에 담았다. 엄마도 더는 말리지 않았다. 이고 자든 깔고 자든 가져가 보자, 하고 체념했다.

내 짐은 내가 정리했다. 내 짐은 정말 없었다. 옷은 계절별로 입을 게 거의 한두 벌밖에 없기 때문에 작은 가방 하나로도 충분했다. 책도 꼭 필요한 것만 가져가기로 했다.

문제는 컴퓨터였다.

사실 컴퓨터를 가져갈까 말까 많이 고민했다. 오래된 거라서 사양도 낮고 수명도 다 됐지만 나에게는 재산 목록 1호 같은 거였다. 지난 2년 동안 이 컴퓨터로 수많은 야동을 봤다. 밤마다 어둠의 경로를 배회하며 야동을 모으고, 그 야동을 보며 무수한 밤을 보냈다. 야동을 볼 때마다 미령이처럼 존재의 심연까지는 아니지만 존재의 본능까지는 내려갔다. 본능에 충실하면서, 인간은 너무나 외로운 존재라는 사실을 밤마다 절감했다.

외롭고, 힘들고, 지칠수록 내 몸속에는 자꾸만 성욕이 쌓여 갔다. 그건 어떻게 해결할 방법이 없었다. 자위를 하든 몽정을 하든, 그건 나 혼자 해결해야 할 문제였다. 혼자서, 그것도 비밀스럽게 해결해야 했기 때문에, 성욕이 쌓이면 쌓일수록 나는 점점 더 외로웠다.

성욕이 극에 달했던 작년에는 외로움도 극에 달했다. 밤마다 어떻게 해 볼 수 없는 내 몸과 내 감정 때문에 어떤 날은 혼자 운 적도 있었다. 외로움을 잊으려고 공부에도 집중해 보고 친구들과 떠들고 장난도 쳐 봤지만, 결국은 나 혼자였다. 어느 날 문득 외로움이라는 단어는 성욕과 같은 의미라는 것을 깨달았다. 내가 아무리 발버둥 쳐도 성욕이 있는 한 나는 외로울 수밖에 없다는 것도.

컴퓨터를 켜고 야동이 저장된 문서를 클릭했다. 내가 그동안 모아 놓은 야동이 어마어마하게 많았다. 폴더를 하나씩 클릭해 봤다. 폴더 안에는 언제든 불러만 주면 화끈한 신음 소리를 낼 준비를 하고 있는 야동이 가득했다. 어렵게 구한 것도 있고, 돈을 주고 산 것도 있고, 컴퓨터에 바이러스를 묻혀 가며 내려받은 것도 있었다. 숨죽이며 그것들을 보던 순간들, 자위를 하던 장면들, 사정을 하고 난 뒤 세상이 텅 비어 버린 것만 같은 외로움에 몸서리치던 시간들이 떠올랐다.

그런데 언제부터인지 이상하게 야동을 봐도 흥분되지 않았다. 모든 게 다 가짜 같았다. 만들어진 표정, 만들어진 연기, 만들어진 욕망. 야동 속의 모든 행위가 진짜가 아니라 만들어진 허상이라는 것을 알면서도 흥분하면서 봤는데, 나중에는 아무리 감각적인 장면을 봐도 흥분이 되지 않았다.

나는 야동을 하나씩 삭제하기 시작했다.

발광수가 봤다면 내 컴퓨터를 부둥켜안고 "차라리 내 목을 베어라."라고 절규할지도 모르겠지만, 전혀 아깝지 않았다. 솔직히 미국 최초로 극장에서 정식 개봉된 하드코어 포르노 영화 〈목구멍 깊숙이〉를 삭제할 때는 조금 아까웠다. 제목부터가 자극적인 이 영화는 당시 엄청난 관객을 모으며 천문학적인 수익을 올린 포르노 영화의 고전이었다. 어렵게 구했지만, 그것도 미련 없이 삭제했다.

인간은 누구나 외롭지만, 그래서 인간인 거다. 나는 그 사실을 계속 부정하고 싶었는지도 모른다. 이제 나를 인정하고, 내 힘으로 외로움을 극복해 볼 생각이다. 스물여덟 살이 될 때까지 극복되지 않을 수도 있겠지만, 어쨌든 노력은 해 보기로 했다.

나는 재산 목록 1호인 컴퓨터와 함께 그 안에 들어 있던 내 청소년기의 한 시절도 버렸다. 아깝고 서운하기보다 시원하고 통쾌했다. 마지막 하나 남은 야동까지 삭제하고 났을 때는 내가 열 살쯤 더 먹은 것 같은 느낌이 들었다.

드디어 목마 재료를 다 구했다. 마당에 연장과 재료들을 모아 놓고 목마를 만들기 시작했다.

아버지는 내 옆에 쪼그리고 앉아 이것저것 간섭했다.

아버지가 물었다.

"언제 다 돼?"

"지금 몸통에 머리 달았어."

몸통에 머리를 달고 나자 또 물었다.

"언제 다 돼?"

"지금 몸통에 다리 달았어."

몸통에 다리 하나를 달고 나니 또 물었다.

"언제 다 돼?"

"아직 다리 하나밖에 안 달았어."

몸집이 큰 아버지가 올라타도 거뜬할 만큼 아주 튼튼한 목마를 만들어야 해서 생각보다 시간이 오래 걸렸다. 망치질이 서툴러 못을 박는다는 게 내 엄지손톱을 내려쳤을 때는 다 때려치우고 싶었다. 아버지가 내 엄지손가락을 붙잡고 호오, 호오, 하며 불어 주지 않았으면 말 다리도 달기 전에 포기했을 거다.

일주일이나 걸려 망치질을 하고 톱질을 하고 사포로 매끈하게 밀고 하얀색으로 페인트칠까지 하자, 모양은 엉성했지만 그런대로 형태를 갖춘 목마가 완성됐다. 아버지의 큰 키에 맞추고, 아버지의 무거운 몸무게를 이겨 낼 만큼 크고 튼튼한 말이었다.

아버지는 페인트칠이 마르기도 전에 목마를 타 보겠다고 졸랐다. 내일까지는 절대 타면 안 된다고 아버지에게 단단히 주의를 시켰다. 아버지는 자면서도 목마를 옆에 두고 잤다. 그러고는 아침에 일어나자마자 그 위에 올라탔다.

이랴, 이랴.

아버지는 지붕 위에서처럼 목마 위에서도 힘차게 소리쳤다. 목마도 앞뒤로 힘차게 움직였다. 아버지의 얼굴은 지붕에 올라갔을 때처럼 천진난만해 보였다. 그런 아버지를 보며 목마에 날개를 달아 줄걸, 하고 생각했다. 날개를 달면 아버지는 더 신 나게 달리고 하늘을 날 수 있을 텐데. 아무래도 내일은 날개를 찾으러 또 온 동네를 뒤져야겠다.

나는 요즘 매운맛에 빠져 있다. 야동을 대체해서 스트레스 해소용으로 매운맛에 빠진 건 아니다. 자꾸 먹다 보니 좋아졌다. 미령이 말처럼 삶이 지루하거나 내 앞날이 불투명 유리처럼 뿌옇거나 누가 내 다리를 걸어 나를 넘어뜨려 주었으면 하는 날에는 어김없이 매운 음식이 당긴다.

우리가 느끼는 맛에는 매운맛만 있는 게 아니다. 쓴맛도 있고 신맛도 있고 떫은맛, 단맛, 짠맛도 있다. 우리가 표현하지 못하는 맛들도 있다. 시큼털털한 맛이라든가, 달콤짭짜름한

맛, 매콤씁쓰레한 맛. 삶은 여러 가지 맛의 변형이다.

　그러나 지금 나에게는 매운맛이 가장 매력적이다. 진짜 매운맛을 알고 나면 다른 맛을 더 잘 알 수 있을 것 같다.

　오늘 저녁, 우리는 카레를 먹으러 가기로 했다. 그냥 카레가 아니라 일반 사람이 먹으면 119에 실려 간다는 '살인' 카레다. 그 카레집은 매운맛을 5단계로 나눈다고 한다. 보통 매운 1단계부터 밖에 소방차를 대기시켜 놓을 정도로 매운 5단계까지 나뉘어 있다. 5단계 카레를 끝까지 다 먹은 사람은 거의 없다고 한다.

　미령이의 목표는 5단계에 성공하는 거고, 나는 그냥 1단계부터 도전해 볼 생각이다. 나도 이제는 매운 것을 좀 먹는다고 하지만 아직까지는 자신이 없다. 일단 1단계에 성공하고 그다음은 2단계, 3단계……. 이렇게 차근차근 계속 올라가다 보면 언젠가는 5단계에도 도전할 수 있지 않을까?

······그래서 그 많은 것들은 다 어디로 간 거야?

어느 날 문득 생각했다. 내 몸을 스쳐 지나간 그 모든 것들에 대해서.

내가 먹었던 음식, 내가 입었던 옷, 내가 살았던 곳, 내 몸에서 잘려져 나간 머리카락, 내가 내뱉었던 한숨, 내가 읽었던 글, 내가 만났던 사람들, 내가 했던 말, 내가 본 것들, 내 몸에 내리쬐던 햇빛, 내 몸을 통과해서 지나간 바람, 나를 기쁘게 했던 것, 나를 슬프게 했던 것, 그 많았던 생각······.

그것들을 다 모아 둔다면 이 지구 크기만큼의 공간이 필요하지 않을까? 어쩌면 그 공간도 모자라 팽창되어 터져 버릴지도 모른다.

한 생애를 살아간다는 건 상상할 수 없을 만큼 많은 것을 받아

들이고, 내보내는 일이다. 새삼스럽게 한 생애를 살아온 몸이 경이롭다는 생각이 든다.

소설을 쓰는 것도 내 몸처럼 경이롭다. 몸속에 쌓여 있던 수많은 감정, 경험, 기억 들이 12만 개가 넘는 글자와 3만 개가 넘는 낱말을 불러내 소설을 완성했다.

어렸을 때, 나는 진짜 내가 아니라고 생각했다. 진짜 나는 지금쯤 다른 좋은 곳에서 잘 살고 있을 거라고 철석같이 믿었다. 지금 살고 있는 나는 빈껍데기니까 언젠가 나는 진짜 내 몸을 찾아가 행복하게 살 거라고 생각하며 가짜 나를 견뎠다.

하지만 십 년쯤 살아본 아이라면 그것이 동화라는 것을 안다. 진짜 나는 어디에도 없고, 사실은 진짜 내가 가짜 나였다는 것을. 삶은 동화가 아니라 현실이라는 것도.

그것을 안 순간부터 나의 결핍이 시작되었다. 결핍이 깊을수록 진짜 나에 대한 욕망도 더 커져만 갔다. 어떤 때는 욕망을 키우기 위해 일부러 거짓 결핍을 만들기도 했다.

나이가 들어서 좋은 점은 감정 과잉을 억누를 수 있는 힘이 생긴 것이다. 바람만 불어도 가슴이 저려 오고, 좋은 음악을 들으면 눈물이 흐르고, 인간은 누구나 혼자라는 생각을 하는 것만으로도 어쩔 줄 몰라 안절부절못했는데 이제는 감정들을 조금씩 억누를 수 있게 되었다.

웬만한 감정에는 쉽게 흔들리지 않을 것 같은데도 글을 쓸 때는 여전히 불안하다. 드넓은 바다에서 혼자 표류하고 있는 것 같다. 막막하고 절망적이고 혼자 있는데도 부끄러워진다. 과연 내가 살아남을 수 있을까, 무사히 육지까지 갈 수 있을까, 누가 내 이런 구차한 모습을 훔쳐보고 있지나 않을까, 하는 그런 기분.

그럼에도 불구하고 아직도 쓰고 싶어 견디지 못하는 걸 보면 앞으로 꽤 오랫동안 부끄러운 짓을 할 것 같다.

어떤 작품은 정말이지 쉽게 써지기도 하는데 어떤 작품은 몸 안에 있는 피 한 방울까지 다 짜낼 정도로 힘들게 쓰기도 한다. 이 작품이 바로 후자의 경우다. 끝까지 다 써 놓고도 지우고 처음부터 다시 쓰기를 여러 차례. 그러는 동안 포기할까, 하는 생각을 몇 번이나 했다. 그런데 포기하려고 할 때마다 내가 쓴 소설 속 주인공들의 얼굴이 눈에 밟혔다. 제발 살려 달라고, 살려만 주면 제대로 한번 잘 살아 보겠다고 애원했다.

소설 속에 등장하는 인물들을 만든 건 작가의 몫이지만, 작품 안에서 울고 웃고 고뇌하고 성장하는 건 순전히 등장인물들의 몫이라는 걸 이 작품을 쓰면서 깨달았다. 가까스로 목숨을 건진 그들은 내가 예상했던 것보다 아주 잘 살았다! 그래서 그들이 고맙고, 그들에게 많은 것을 배웠다.

처음 당선 소식을 들었을 때, 믿지 못했다. 그래서 마음 놓고 기뻐하지도 못했다. 자고 일어나면, 오보라고 연락이 올까 봐 전화도 받지 않았다. 아직도 그 소식이 거짓말 같다.

지금은 내 삶 앞에 얼마나 거짓말 같은 일들이 펼쳐질지, 그걸 기다리는 것만으로 한없이 설렌다.

김선희

더 빨강

2013년 8월 29일 1판 1쇄
2020년 6월 26일 1판 9쇄

지은이 김선희

편집 김태희, 김태형, 이혜재 | **디자인** 권지연 | **제작** 박홍기
마케팅 이병규, 양현범, 이장열 | **홍보** 조민희, 강효원

출력 블루엔 | **인쇄** 코리아피앤피 | **제책** 정문바인텍

펴낸이 강맑실
펴낸곳 (주)사계절출판사 | **등록** 제406-2003-034호
주소 (우)10881 경기도 파주시 회동길 252
전화 031)955-8588, 8558 | **전송** 마케팅부 031)955-8595 편집부 031)955-8596
홈페이지 www.sakyejul.net | **전자우편** literature@sakyejul.com | **블로그** skjmail.blog.me
페이스북 facebook.com/sakyejul1318 | **인스타그램** instagram.com/sakyejul1318

ⓒ 김선희 2013

ISBN 978-89-5828-687-5 44810
ISBN 978-89-5828-473-4 (세트)

이 도서의 국립중앙도서관 출판시도서목록(CIP)은 e-CIP 홈페이지(http://www.nl.go.kr/cip.php)에서
이용하실 수 있습니다.(CIP제어번호: CIP2013015428)